# Désir et symphonie

EMMY GRAYSON

# Désir et symphonie

*Traduction française de*
LÉONIE GADES

AZUR

HARLEQUIN

*Collection :* Azur

*Titre original :*
HIS ASSISTANT'S NEW YORK AWAKENING



**HARPERCOLLINS FRANCE**
83-85, boulevard Vincent-Auriol, 75646 PARIS CEDEX 13
Service Clients — www.harlequin.fr
ISBN 978-2-2805-0644-1 — ISSN 0993-4448

Édité par HarperCollins France.
Composition et mise en pages Nord Compo.
Imprimé en juillet 2024 par CPI Black Print (Barcelone)
en utilisant 100% d'électricité renouvelable.
Dépôt légal : août 2024.

FSC www.fsc.org
MIXTE
Papier issu de sources responsables
FSC® C159065

Pour limiter l'empreinte environnementale de ses livres, HarperCollins France s'engage à n'utiliser que du papier fabriqué à partir de bois provenant de forêts gérées durablement et de manière responsable.

# 1

La musique effleura Damon Bradford comme la caresse d'une amante, et une sensation de chaleur sans équivoque s'insinua dans ses veines tandis qu'il regardait la violoncelliste. Il but une gorgée de son cocktail, mais la suavité du gin mêlé de lavande et de citron sur sa langue ne réussit pas à le libérer de la fascination qu'elle exerçait sur lui.

Il n'était pourtant pas particulièrement mélomane. Pour lui, la musique ne représentait qu'un fond sonore plus ou moins agréable. Mais les notes riches et mélancoliques qu'elle tirait de son violoncelle, le tempo lancinant qui invitait à l'introspection… Jamais musique ne l'avait ému à ce point.

Curieusement, jusqu'à ce qu'elle entame son solo, l'instrumentiste lui avait paru insignifiante. Ses cheveux blonds étaient noués en un chignon sage. Sa robe noire quelconque cachait plus qu'elle ne révélait ses formes.

Ce furent ses doigts pâles et fins qui attirèrent d'abord son attention. Il les suivit du regard tandis que sa main droite maniait l'archet avec élégance et précision, et que l'autre main parcourait gracieusement les cordes, provoquant en lui cette réaction sensuelle inattendue.

Lui qui se flattait de ne jamais se laisser dominer par les émotions, il n'en revenait pas d'être troublé comme un adolescent par une violoncelliste. Pourtant, irrésistiblement, son regard était revenu vers le visage de la musicienne, qu'il étudia attentivement.

Une bouche sensuelle dans un visage en forme de cœur. Un menton pointu et des pommettes hautes. *Extraordinaire* fut le premier mot qui lui vint à l'esprit. D'autant qu'elle ne faisait aucun effort pour se mettre en valeur, bien au contraire. De toute évidence, elle voulait qu'on s'intéresse à sa musique plutôt qu'à elle-même.

À la fin du solo, le reste de l'orchestre la rejoignit et la salle de réception résonna du son de la quarantaine d'instruments qui reprenaient à présent à l'unisson. L'Apprentice Symphonic Orchestra était un groupe de jeunes musiciens new-yorkais. Kimberly, sa responsable événementiel, l'avait convaincu de les engager en faisant valoir que c'était une occasion de soutenir des jeunes talents.

Maintenant que la violoncelliste qui l'avait ensorcelé ne jouait plus seule, son intérêt retomba un peu et il parcourut la salle de bal du regard.

La plupart des invités du gala annuel de la Fondation Bradford Global – des politiciens, des milliardaires, des stars de cinéma – étaient venus pour parader dans leurs plus beaux habits, boire des cocktails, éventuellement trouver un nouvel amant, ou conclure un contrat en dégustant une bouchée de caviar. Certains se trouvaient là parce qu'ils souhaitaient sincèrement qu'une nouvelle aile soit ajoutée à l'hôpital pour enfants, bénéficiaire des recettes du gala cette année. Mais rares étaient ceux qui venaient pour écouter le concert.

C'était dommage, mais Damon devait admettre qu'il était comme eux. Lui aussi prenait rarement la peine de profiter des joies simples de l'existence. La direction de son entreprise l'accaparait entièrement. Sa capacité de travail impressionnait ses employés et ses clients, irritait ses concurrents et, par-dessus tout, l'aidait à aller de l'avant.

Bradford Global était une entreprise florissante, spécialisée dans la fourniture de composants à un nombre considérable d'industries. Preuve de son succès, elle comptait aujourd'hui parmi les derniers concurrents en lice pour remporter un contrat majeur avec une compagnie aérienne européenne haut de gamme. Son P-DG avait des résidences sur quatre continents, parlait trois langues couramment et faisait régulièrement la une des magazines économiques. Edward Charles Damon Bradford possédait tout ce qu'il pouvait désirer.

Mais en dépit de ces succès, un sentiment de vide incompréhensible l'habitait depuis un certain temps.

Sa vie lui paraissait insipide, comme s'il ne parvenait plus à éprouver du plaisir ou de la joie à ce qu'il faisait. C'est dans cet état d'esprit qu'il s'était réfugié dans un coin reculé de la salle de bal ce soir, afin d'éviter les gens qui recherchaient sa compagnie. En proie à une agitation inhabituelle, il s'était assis dans cette alcôve à l'abri des regards, dans l'un des deux fauteuils à haut dossier qui offraient une vue de choix sur l'orchestre.

Il aspirait à un changement, aussi infime soit-il. Et ce changement lui était apparu en la personne d'une violoncelliste à l'expression mélancolique qui faisait corps avec la musique qu'elle créait.

Encore troublé par le désir que l'inconnue avait éveillé en lui, il hésitait à se lever et à se mêler aux invités. Que craignait-il exactement ? Que ce désir s'intensifie et l'embrase ? Bon sang ! Il devait absolument retrouver son self-control.

C'est alors que la musique s'arrêta. La salle de bal s'emplit du bruit des conversations qui n'avaient pas cessé, des verres qui s'entrechoquaient, des hauts talons sur le sol de marbre.

Le regard toujours rivé sur la violoncelliste, il la vit rouvrir les yeux. À cette distance, il ne pouvait distinguer leur couleur. Elle se pencha vers un autre musicien et sourit à ce qu'il lui dit. Puis Kimberly monta sur l'estrade et annonça une pause de quinze minutes avant le groupe suivant. La musicienne adossa son instrument à un support et se leva. Elle était mince, un peu plus petite qu'il ne l'avait cru, mais la façon dont elle se tenait droite, l'assurance avec laquelle elle pointait son menton, trahissait sa force.

Puis elle leva les yeux. Leurs regards se croisèrent, restèrent fixés l'un à l'autre, et pendant ce bref instant, il eut l'impression de recevoir une décharge électrique. Sa résolution s'en trouva renforcée. Il devait absolument s'éloigner, se mêler à ses invités, écouter des gens qui voulaient seulement quelques minutes de son temps ou lui soutirer un peu d'argent pour des causes qui leur tenaient à cœur. Mais soudain, cette perspective lui parut tout sauf réjouissante.

Evolet Grey entra dans la salle de bal et, malgré elle, son regard se dirigea vers l'alcôve. Une sensation étrange l'envahit quand ses yeux rencontrèrent de nouveau ceux de l'homme incroyablement grand et incroyablement séduisant assis dans un fauteuil. En dépit de son attitude parfaitement détendue, il lui faisait penser à un prédateur guettant sa proie. Malgré le frisson qui descendit le long de son dos, elle fut incapable de détourner son regard.

Bien qu'il fût superbe d'élégance dans son smoking noir, c'était son visage qui la fascinait. Une musique se mit à jouer dans sa tête, une mélodie sombre et sensuelle que lui inspirait le mystérieux inconnu.

Il était d'une beauté classique. Des cheveux châtain foncé, coupés court. L'expression indéchiffrable de son visage carré aux pommettes saillantes lui conférait un air froid et distant que démentaient cependant ses yeux. Leur lueur presque sauvage déclencha des réactions étranges en elle. Les battements de son cœur s'accélérèrent et une sensation de chaleur prit naissance dans le creux de son ventre.

Elle réussit à étouffer la langueur qui s'immisçait en elle et à détourner le regard. Puis elle se dirigea vers le bar le plus proche de la scène. Ce n'était pas tous les jours qu'elle avait l'occasion de prendre un verre dans un endroit aussi prestigieux que l'hôtel Winchester. Les vastes baies vitrées de la salle de bal donnaient sur Central Park, de l'autre côté de la rue. Une piste de danse d'un bois presque noir occupait son centre. Des fauteuils et des canapés blancs aux quatre coins de la pièce recevaient ceux qui recherchaient un peu de calme. L'éclairage tamisé réussissait la prouesse de créer une atmosphère intime, alors que le lieu accueillait pratiquement cinq cents personnes. Quel contraste avec son minuscule trois pièces d'East Harlem !

Les robes des femmes étaient plus sublimes les unes que les autres. La gorge d'Evolet se noua. Elle n'appartenait pas à ce monde où l'argent coulait à flots. Sur scène, elle avait pu l'oublier, car là elle était dans son élément, mais maintenant, elle commençait à se sentir déplacée.

Toutefois, avant que ce sentiment pénible s'installe, elle songea à ce que lui aurait dit Constanza, sa mère adoptive, si elle avait été présente. « Arrête de t'apitoyer sur ton sort ! Tu as gagné ta place ici ce soir, *mija*. Alors cesse de te poser des questions et amuse-toi. »

Comme par enchantement, elle retrouva son assurance et elle continua d'avancer vers le bar, déterminée à prendre un verre, à savourer le plaisir de se trouver dans cet endroit somptueux, puis elle rentrerait chez elle pour prendre un bain.

Et pour fantasmer un peu sur le sublime inconnu qui faisait s'accélérer les battements de son cœur, pourquoi pas ? En effet, les rares amourettes qu'elle avait eues lui avaient appris que les rêveries romantiques étaient généralement plus gratifiantes que la réalité.

Elle était pratiquement arrivée devant le bar quand elle sentit une main serrer son coude.

— Vous savez que vous êtes un véritable délice pour les yeux ? Comment vous appelez-vous ? C'est la première fois que je vous vois à un de ces galas.

Une forte odeur d'alcool lui chatouilla les narines quand elle se tourna vers l'importun qui l'avait attirée contre lui. Elle se retrouva face à face avec un homme blond aux yeux rougis par la boisson qui lui souriait béatement.

— Je joue dans l'orchestre, répondit-elle aussi poliment que possible.

Puis elle se dégagea de son étreinte et recula d'un pas.

— J'ai entendu beaucoup de bien sur les musiciennes. Très douées de leurs mains. Peut-être que, après le gala, nous pourrions découvrir si c'est vrai.

Le haussement suggestif de ses sourcils la fit grincer des dents. Elle baissa les yeux et découvrit qu'il tenait un verre à la main. L'autre arborait une montre de luxe et une alliance. De toute évidence, la fortune ne conférait pas nécessairement la classe. Surmontant le dégoût qu'il lui inspirait, elle feignit de ne pas comprendre son sous-entendu et répliqua froidement :

— Malheureusement, je ne donne pas de concerts pour les particuliers.

Il y eut un instant de flottement dont elle profita pour ajouter :

— C'est votre épouse ?

Une expression apeurée traversa le visage de l'homme et il tourna la tête dans la direction vers où Evolet regardait. Elle saisit l'occasion pour placer un doigt sous son verre de martini et le pousser vers le haut. La légère pression suffit à renverser le liquide rose sur la chemise blanche de l'homme. Sous l'effet de la surprise, il lâcha le verre, qui s'écrasa par terre. La musique et le murmure des conversations couvrirent le bruit, mais les gens autour d'eux se retournèrent.

L'homme rougit violemment. Il regarda sa chemise tachée,

puis leva les yeux vers elle. Elle eut presque pitié de lui, car il ne comprenait visiblement pas ce qui venait de lui arriver.

— Vous avez..., balbutia-t-il. C'est moi qui ai fait ça ?

— Oui, c'est toi, Harry.

Evolet se figea. La voix grave aux intonations veloutées qui s'était élevée derrière elle lui avait procuré un délicieux frisson, mais le plaisir se mua aussitôt en panique. Le propriétaire de cette voix suave avait-il surpris sa manœuvre ?

Du pivoine, Harry passa au blanc, et se confondit en excuses.

— Harry !

Le pauvre homme devint livide de terreur quand une femme grande et mince s'avança vers lui, le regard dur.

— Chéri, tu es là ! dit l'arrivante en passant un bras sous celui de Harry, ses ongles longs comme des serres. Les Jones voulaient te voir.

Elle adressa un sourire crispé à Evolet et à l'homme qui se tenait toujours derrière elle, puis entraîna son mari visiblement dépité avec elle.

Evolet prit son courage à deux mains et pivota sur elle-même pour voir à qui appartenait la voix.

# 2

Lui !

Son sublime et ténébreux inconnu se tenait devant elle. Déterminée à ne pas se laisser impressionner par son charisme, elle le toisa. *Quel regard !* ne put-elle cependant s'empêcher de penser en découvrant ses prunelles émeraude. Le pli amusé de ses lèvres sensuelles lui confirma qu'il avait vu le tour qu'elle avait joué à Harry.

— Merci, dit-elle en rougissant légèrement.

— Pour quoi ? demanda-t-il en haussant ironiquement un sourcil. Vous vous êtes très bien débrouillée sans mon aide. C'était une façon intelligente de se débarrasser d'un goujat qui boit trop et qui drague tout ce qui n'est pas sa femme.

Elle se retint de sourire à cette description. Un bref regard autour d'elle lui apprit que tout le monde était retourné à sa conversation. Un serveur stylé avait promptement fait disparaître les débris de verre.

— Eh bien... Alors merci pour votre discrétion.

Le sourire de l'inconnu s'élargit.

— Je vous en prie, répondit-il. Et puisque vous êtes au bar, je vous recommande les cocktails d'Anthony. C'est un bon moyen de vous remettre de votre rencontre avec Harry.

Comme il ne faisait pas mine de s'éloigner, elle parcourut la carte en s'efforçant d'oublier la présence si proche de cet homme qui la troublait au plus haut point.

— Je prendrai un gin tonic lavande, s'il vous plaît.

Elle sentit que l'inconnu s'était figé, mais quand elle se tourna vers lui, son expression était toujours impassible.

— C'est délicieux ! s'exclama-t-elle quand la première gorgée du mélange de gin, de lavande et de citron fondit sur sa langue.

— Vous aimez le gin ?

— C'est la première fois que j'en bois. En fait, entre les répétitions et les concerts, je n'ai pas tellement le temps de traîner dans les bars.

Elle jugea inutile de faire allusion à son travail d'assistante de direction intérimaire. Après tout, ce n'était qu'un job provisoire en attendant d'être engagée par un orchestre professionnel.

— Comment avez-vous choisi le violoncelle ?

— La première fois que j'en ai entendu jouer, c'était dans les couloirs du métro. Ça a été une révélation.

Ce souvenir était encore vivace. Il datait de l'époque où elle venait d'être placée chez Constanza. Elle faisait tout pour être désagréable, soit en se montrant insultante, soit en se renfermant dans un silence hostile. En réponse, Constanza lui préparait de succulentes recettes haïtiennes, lui lavait et repassait son linge sans jamais se départir de son sourire bienveillant. Evolet s'était sentie coupable, ce qui avait aggravé sa colère. Les défenses qu'elle avait érigées autour d'elle pendant des années avaient vacillé à chaque nouvelle petite attention, et cela la rendait furieuse. Elle ne voulait pas qu'on l'aime. Elle ne voulait pas s'attacher à quelqu'un et courir le risque d'être rejetée une fois de plus.

C'est dans cet état d'esprit qu'elle avait entendu les premières notes lancinantes du violoncelle. Son cœur s'était serré d'émotion et elle avait eu l'impression que quelqu'un l'appelait. Quelqu'un qui comprenait enfin sa douleur et son chagrin. Tout autour d'elle s'était évanoui : le grondement des rames, la cacophonie des voix, les sonneries incessantes des téléphones. Il n'y avait plus eu que la musique. Ce jour-là, son monde avait changé. Elle avait cessé de survivre pour enfin vivre.

— Comme le chant des anges ?

La question de l'inconnu la ramena à l'instant présent.

— Non, c'était le contraire. Il faisait... Il faisait pleurer le violoncelle.

— Pleurer ?

Elle se rendit compte que ce n'était pas la façon la plus « vendeuse » de décrire l'origine de sa vocation. Ces gens voulaient des paillettes et du glamour, pas d'histoires déprimantes. Mais l'expression du beau visage masculin, l'intensité de son regard, lui donna l'impression qu'il pouvait comprendre le travail acharné que demandait la maîtrise d'un instrument, et elle eut envie de lui confier ce qu'elle avait ressenti.

Mais elle se ravisa aussitôt. N'avait-elle pas retenu la leçon, depuis le temps ? Faire confiance et se confier à quelqu'un revenait à reprendre espoir, avec le risque de souffrance qu'un espoir déçu impliquait. Constanza était un miracle, un cadeau imprévu, mais elle était un oiseau rare. Avant elle, et après, Evolet n'avait jamais compté sur quiconque.

Il était donc inutile de s'épancher auprès d'un inconnu. Elle laissa échapper un rire léger.

— Nous autres musiciens avons parfois tendance à dramatiser. J'ai aimé la musique. Le violoncelliste s'est montré très gentil et il a répondu à toutes mes questions. J'ai commencé à prendre des cours, et me voilà.

— Ce n'est pas ce que vous vous apprêtiez à dire.

Que signifiait ce ton narquois ? se demanda-t-elle, interloquée. S'était-elle trompée sur son compte ?

— Excusez-moi ?

Il se pencha vers elle, mais contrairement à Harry, il ne lui inspira aucun dégoût. Elle eut soudain du mal à respirer, et cette maudite chaleur qui irradiait son corps augmenta de quelques degrés. Elle n'avait pourtant aucune envie d'être attirée par un homme, surtout par un play-boy milliardaire sans doute habitué à sortir avec des célébrités.

Un homme qui ne s'intéresserait jamais à quelqu'un comme elle.

Elle se creusait la cervelle à la recherche d'un prétexte pour s'en aller, quand le chanteur du groupe qui jouait invita tout le monde à venir sur la piste de danse. Quelle ne fut pas sa surprise lorsque l'inconnu lui prit la main et déclara :

— Dansez avec moi.

Evolet était convaincue qu'aucun son ne pouvait égaler la séduction de son violoncelle. Des hommes l'avaient accusée d'être insensible. Elle ne s'en était pas offusquée, car aucun d'entre eux n'avait réussi à lui donner envie de poursuivre l'expérience au-delà du premier rendez-vous.

Mais maintenant, tandis que la voix grave de son compagnon pénétrait son cerveau, elle eut l'impression déroutante que ses certitudes vacillaient. Que risquait-elle à accepter ? Elle ne le reverrait plus après ce soir. En revanche, elle était sûre qu'elle le regretterait plus tard si elle refusait de danser avec lui.

— D'accord.

D'autorité, il prit le verre qu'elle tenait, le posa sur le bar puis, d'une légère pression de la main dans le creux de son dos – dont elle sentit la brûlure à travers l'étoffe de sa robe –, il l'entraîna sur la piste de danse.

— Avouez que vous faites ça tout le temps.

— Quoi donc ? demanda-t-il avec un sourire dévastateur.

Il l'attira contre lui. Puis il prit sa main gauche. Le contact de leurs paumes lui provoqua une sensation de vertige qu'aucun baiser n'avait jamais réussi à lui procurer. C'est d'une voix mal assurée qu'elle répondit :

— Séduire une femme pour qu'elle danse avec vous.

Une flamme luisait dans les yeux verts de son cavalier.

— Vous avez l'impression que je suis en train de vous séduire… ? commença-t-il. J'ignore votre nom.

— Tout comme j'ignore le vôtre.

En guise de réponse, il éclata de rire, réaction qui parut le surprendre autant qu'elle. Son regard fut irrésistiblement attiré par la bouche sublime de son compagnon, et Evolet se demanda ce qu'elle éprouverait si elle l'embrassait.

Oh non ! Que lui arrivait-il ? Non contente de prendre plaisir à badiner avec cet homme magnifique et visiblement fortuné qui – pour une raison inexplicable – semblait avoir envie de parler avec elle, elle se mettait à fantasmer sur lui.

Le rythme de la musique s'accéléra. Piètre danseuse, elle chancela. Il resserra son étreinte pour la soutenir.

— Détendez-vous, murmura-t-il.

— C'est difficile alors que je ne sais pas comment je dois m'y prendre.

— Faites-moi confiance.

Bien qu'il eût parlé sur le ton de l'humour, l'intensité du regard dont il la couvait la troubla. Mais lorsqu'il la fit tournoyer, elle se laissa guider et se lova dans ses bras. Le premier pas fut le plus délicat. Depuis quand n'avait-elle pas lâché prise et accordé sa confiance ?

Il ne lui laissa pas le temps d'avoir peur. Prenant avantage de sa docilité, il la fit tournoyer de nouveau avec une maestria qui lui arracha un sourire. Il lui rendit son sourire, et son visage masculin s'éclaira, le rendant encore plus beau.

— Vous êtes un danseur professionnel ? demanda-t-elle quand la musique s'arrêta.

Il s'esclaffa.

— Loin de là ! C'est la seule danse que je maîtrise.

— Vous dansez très bien.

— Ma mère était un bon professeur.

L'amusement dans son regard céda la place à une émotion qu'Evolet connaissait trop bien. L'angoisse.

— Que lui est-il arrivé ? demanda-t-elle doucement.

Dans le regard de son compagnon, elle vit passer brièvement le désespoir. Puis son expression se durcit et toute émotion disparut. Cette fois, quand il lui sourit, ce fut un sourire de façade.

— Je vais vous chercher un verre.

Après l'intermède digne d'un conte de fées qu'elle venait de vivre, elle encaissa cette rebuffade comme une claque.

Comme elle l'avait pressenti, certaines étoiles seraient toujours hors d'atteinte. Le simple fait qu'elle aurait aimé que leur rencontre se prolonge signifiait qu'il était temps de partir. Elle savait depuis l'enfance que, en matière de relations humaines, vouloir et espérer étaient des erreurs fatales. Les gens mouraient, comme son père. Les gens vous abandonnaient, comme sa mère. Constanza avait aussi fini par la quitter, même si elle n'avait pas eu le choix.

Les êtres humains étaient imprévisibles. Incontrôlables. Ils pouvaient vous faire souffrir, même sans le vouloir. Seul son violoncelle ne l'avait jamais trahie. Si elle pouvait compter sur quelque chose, c'était son instrument, son talent et son travail acharné.

Certes, le temps d'une danse, elle s'était fiée au bel inconnu, mais une fois le morceau terminé, il lui avait clairement fait comprendre qu'il n'y aurait rien d'autre entre eux. La curiosité qu'elle lui avait inspirée se dissipait déjà, et ils retourneraient chacun dans leur monde. Elle jugea plus prudent de refuser son offre d'aller lui chercher un verre.

— Il est tard.

— Il n'est que 20 heures passées de quelques minutes.

— Et mon trajet pour rentrer dure une heure, répliqua-t-elle. Merci pour la danse.

Quand elle leva la tête, elle rencontra un regard émeraude

impénétrable qui porta un coup à l'attirance qu'elle éprouvait indéniablement pour lui.

— Dans ce cas : bonsoir, dit-il d'un ton impassible.

Elle le salua d'un hochement de tête, puis elle s'en alla en prenant garde de marcher lentement pour ne pas donner l'impression qu'elle fuyait. Elle avait pratiquement réussi à atteindre l'extrémité de la salle de bal quand elle céda à la tentation de contempler une dernière fois le cadre somptueux qu'elle s'apprêtait à quitter et, peut-être aussi, l'homme qui venait de lui faire vivre un moment inoubliable.

Elle s'en mordit les doigts, car elle le vit immédiatement, à l'autre bout de la pièce. Accoudé au bar, parfaitement détendu, il écoutait deux femmes vêtues de robes de soirée sublimes. La rousse avait posé une main sur la manche de son smoking en un geste possessif.

Evolet sentit son estomac se nouer. N'était-ce pas ridicule d'éprouver de la jalousie à cause d'un inconnu qu'elle ne reverrait sans doute jamais ?

À cet instant, il releva la tête et il la fixa de son regard intense. La vague de désir qui l'envahit la prit totalement au dépourvu, tout comme les images de leurs corps nus enlacés qui s'imposèrent à son esprit. Choquée par le cours érotique que prenait son imagination, elle resta un instant bouche bée et, malgré la distance qui les séparait, elle vit le regard de son sublime inconnu s'assombrir. Était-il possible que l'attirance qu'elle éprouvait soit réciproque ?

Sentant qu'elle s'égarait, elle se ressaisit. Que pourrait-il bien exister entre elle et cet homme ? Impossible de nier cependant que, en ce qui la concernait, elle avait vécu en sa compagnie des moments qui comptaient parmi les plus marquants de son existence.

Mais son intuition lui soufflait qu'un homme comme lui était capable de briser le cœur d'une femme sans que cela ne l'empêche de dormir.

Evolet pivota sur elle-même et, cette fois, elle s'enfuit.

# 3

Damon était sorti devant le Winchester pour répondre au coup de fil qu'il attendait avec impatience. Quand il raccrocha, il laissa échapper un soupir de satisfaction. Bradford Global comptait parmi les trois derniers finalistes en lice pour la construction de la flotte de Royal Air !

Cette compagnie basée en Suède avait révolutionné le transport aérien haut de gamme dix ans auparavant en ne proposant que des vols en première classe et des prestations d'un luxe inouï. Aujourd'hui, ils voulaient faire construire dix nouveaux avions, livrables dans deux ans. Chaque engin valant presque 130 millions de dollars, l'obtention du marché donnait lieu à une compétition féroce.

Pour Damon, remporter ce contrat, au-delà de l'aspect financier, représentait la consécration de sa gestion à la tête de Bradford Global. Cela faisait quatorze ans qu'il dirigeait cette société. Quatorze années de travail acharné pour développer l'entreprise familiale. La compagnie, composée à l'origine d'une petite usine de construction de l'Illinois, jouait à présent dans la cour des grands.

Une équipe de collaborateurs motivés l'entourait, mais cela ne l'empêchait pas d'éprouver un profond sentiment de solitude depuis la mort de ses parents. Ce soir plus que jamais, il aurait voulu qu'ils soient là pour partager avec eux la bonne nouvelle et la fierté de ce qu'il avait accompli.

Des prunelles marron pailletées d'or et pétillantes d'humour s'imposèrent soudain à son esprit, et il se crispa. Il avait baissé sa garde ce soir, avec la mystérieuse violoncelliste. Elle l'avait intrigué dès l'instant où les notes mélancoliques de son solo s'étaient élevées et avaient touché un point sensible en lui. Son intérêt s'était accru quand il avait observé la façon facétieuse dont elle avait repoussé la grossière tentative de séduction de Harry Dumont.

Il était même allé jusqu'à flirter avec elle, alors qu'il préférait généralement que les femmes fassent le premier pas. Ainsi, il y avait moins de risques qu'elles s'imaginent qu'il recherchait une relation sérieuse.

Le chagrin dévastateur que lui avait causé la mort de ses parents l'avait définitivement immunisé contre l'amour. Seul le travail, domaine où il pouvait tout contrôler, l'avait sauvé du gouffre où il avait sombré après leur disparition brutale.

S'il lui était arrivé d'aspirer au même bonheur qu'avaient connu ses parents, les femmes qu'il avait fréquentées l'en avaient détourné. Même celles qui prétendaient au départ s'accommoder d'une liaison purement physique et sans lendemain finissaient par exiger de lui un investissement émotionnel dont il était incapable.

À ses yeux, parce qu'elles étaient incontrôlables, les émotions représentaient le chaos. Toutefois, il était tout à fait capable d'avoir une liaison agréable et discrète sans succomber aux sentiments.

Ses pensées revinrent de nouveau vers l'inconnue. Il s'était montré odieux quand elle l'avait interrogé sur sa mère. Pourtant, sa réaction instinctive avait été celle du plaisir mêlé de surprise que quelqu'un lui parle de sa mère. Cela n'arrivait jamais, puisqu'il avait expressément interdit à sa famille et à ses employés ou ses maîtresses d'évoquer ses parents avec lui. Or l'inconnue lui avait fait réaliser qu'il ne rendait service ni à lui-même ni à la mémoire de ses parents en enterrant leur souvenir, et cela l'avait troublé. Comme l'avait troublé le brusque besoin de raconter à une femme qu'il venait seulement de rencontrer ce qui s'était passé cette nuit-là, quand un étudiant ivre avait causé l'accident qui lui avait brutalement arraché sa famille.

Déstabilisé par ce besoin de partager quelque chose avec elle, il avait sèchement changé de sujet. Il avait lu dans le regard de la jeune femme que son rejet l'avait blessée. Il s'était senti d'autant plus coupable qu'elle-même venait de lui confier quelque chose de personnel.

Irrité par ce sentiment de culpabilité inhabituel, il glissa son téléphone dans sa poche. Il n'avait pas à se sentir coupable vis-à-vis d'une femme avec qui il avait seulement partagé un verre et une danse. Son raisonnement échoua cependant à dissiper le malaise entachant la satisfaction que lui procuraient les dernières performances de Bradford Global.

Étouffant un juron de contrariété, il s'apprêtait à retourner auprès de ses invités, quand il vit la violoncelliste sortir de l'hôtel.

Elle avait dénoué son chignon, et à présent ses cheveux retombaient en vagues dorées sur ses épaules. Cette simple vision attisa son désir.

Une main sur l'anse de son sac, l'autre tenant son étui à violoncelle, elle regarda à droite puis à gauche, probablement à la recherche d'un taxi. Même s'il était assez près d'elle, Damon se trouvait hors de son champ de vision. Il en profita pour la contempler encore une fois. Il admira son port de tête altier. Sa taille fine que soulignait la ceinture de son imperméable noir. Malgré la longueur de sa robe et ses bas noirs, il devinait qu'elle avait des jambes superbes. Le noir lui allait bien, en lui donnant une aura de mystère. Mais il la faisait aussi paraître lointaine, comme un portrait exquis qu'on pouvait admirer dans un musée.

Intouchable.

Et c'était très bien ainsi, se sermonna-t-il tandis qu'elle traversait la rue. Elle l'intriguait trop pour qu'il prenne le risque de mieux la connaître.

Sa résolution s'effondra cependant quand il la vit passer devant les calèches arrêtées le long du trottoir et disparaître dans Central Park. Il resta quelques secondes abasourdi. Elle lui avait pourtant paru être une femme sensée. Pas du genre à traverser Central Park seule la nuit.

Sans prendre le temps de réfléchir, il traversa à son tour la rue et entra dans le parc. En quelques secondes, il la rejoignit.

— Où allez-vous ?

Elle se tourna vers lui. La surprise se mua en méfiance dès qu'elle le reconnut.

— Que faites-vous là ? Vous m'avez suivie ?

— J'étais sorti pour répondre à un coup de fil quand je vous ai vue partir. Vous comptez traverser Central Park de nuit ?

— Oui.

— Pourquoi ne prenez-vous pas plutôt un taxi ?

— Les taxis coûtent cher.

— Dans ce cas, je vais vous le payer.

L'indignation remplaça la méfiance. S'il n'avait pas été agacé par son manque de jugeote, il aurait pris le temps de s'émerveiller de la palette d'émotions qui traversèrent le visage de la jeune femme.

— N'y pensez même pas ! Je ne vais pas vous rembourser un taxi alors que j'ai deux pieds pour marcher.

— C'est dangereux.

Elle poussa un soupir d'exaspération. De toute évidence, il l'ennuyait. Il lutta pour garder son calme. Elle n'avait pas la moindre idée de qui il était. Il avait les moyens de lui acheter cent violoncelles, ou une fichue limousine pour la conduire n'importe où en ville. Les invités du gala éclateraient de rire s'ils savaient qu'une musicienne avait proposé au P-DG de Bradford Global de lui rembourser son taxi.

— Je ne vous aurais pas rangé dans la catégorie des anxieux, dit-elle sur un ton désappointé qui l'irrita.

— Je ne suis pas un anxieux, protesta-t-il, indigné par cette accusation.

Elle lui désigna d'un geste de la main la rangée de lampadaires plantés tout au long de l'allée.

— Si, vous l'êtes, répliqua-t-elle. Je suis sur Center Drive, il y a des gens autour de nous. Je ne m'aventure pas sur un sentier non éclairé au milieu des bois.

Il dut admettre qu'elle avait raison. Des couples, quelques familles, des cyclistes et des touristes déambulaient dans l'allée. Une voiture de police roulait au pas. Pourquoi cherchait-il à se persuader qu'elle courait un danger ? Était-ce parce que, au fond, il n'avait pas envie de la laisser partir seule ?

— Vous comptez rentrer chez vous à pied ? demanda-t-il.

— Non, répondit-elle avec une lenteur qui sous-entendait que sa question était stupide. Cela me prendrait des heures. Je vais marcher jusqu'à la station de la 46e Rue. J'avais envie de passer par le parc parce que le temps est doux, l'endroit est beau et... Pourquoi cela intéresse un homme que je viens de rencontrer et avec qui j'ai dansé ? Je n'en sais rien. Mais maintenant que vous savez tout, êtes-vous satisfait ?

Pour elle, ce dernier mot ne contenait probablement aucune connotation sexuelle, mais il raviva chez Damon le désir qu'elle avait éveillé en lui dans la salle de bal, quand il l'avait tenue dans ses bras et qu'il l'avait sentie s'abandonner avec la plus totale confiance. Il avait toujours contenté les femmes avec lesquelles il couchait. Mais avec celle-ci, ce n'était pas seulement son orgueil de mâle qui lui faisait désirer l'entendre gémir de plaisir, la voir se pâmer sous ses caresses et ses baisers. Non, c'était quelque chose de plus puissant et de plus primitif. Pas seulement un désir, mais un besoin vital.

Et sur ce point, il était loin d'être satisfait.

— Je n'aime pas l'idée que vous traversiez le parc seule la nuit.

— C'est votre problème, pas le mien. Bonsoir.

Estimant sans doute que la question était réglée, elle se remit en marche.

Désarçonné par cette désinvolture à laquelle il n'était pas habitué, il hésita quelques secondes. S'il la laissait partir, elle sortirait de sa vie en même temps que la tentation qu'elle incarnait.

Malheureusement, il en fut incapable.

Le sang qui bouillonnait dans ses veines avait beau lui signaler que ses motivations n'étaient en rien chevaleresques, il choisit de ne pas en tenir compte, et il suivit sa violoncelliste dans Central Park.

Quand elle entendit le pas de l'inconnu derrière elle, Evolet ne put s'empêcher de pester intérieurement. Elle se débattait justement avec des sentiments contradictoires à son sujet. Elle n'aurait su dire ce qu'elle désirait : qu'il la suive, ou qu'il ne la suive pas. À en juger par les battements erratiques de son cœur, elle conclut que son corps optait pour la première option.

Elle s'en voulait maintenant d'avoir été sèche avec lui alors qu'il ne songeait visiblement qu'à la protéger. Il ne pouvait pas savoir qu'elle n'était pas le genre de femme qui en avait besoin, contrairement à celles qu'il devait avoir l'habitude de fréquenter. Elle avait appris à compter sur elle-même dès l'enfance, quand elle passait d'une famille d'accueil à la suivante, munie de sa petite valise qui contenait ses maigres possessions. Elle s'était endurcie et repliée sur elle-même. Maussade et colérique, elle avait repoussé les tentatives d'approche de ses parents d'accueil jusqu'à ce qu'ils abandonnent et attendent avec impatience qu'elle soit confiée à une autre famille.

L'expérience lui avait aussi appris à être raisonnable. Elle avait renoncé à nourrir des rêves qui ne se réaliseraient jamais, au profit d'objectifs plus pragmatiques.

Mais ce soir, juste pour une soirée, elle avait envie de laisser libre cours à l'âme romantique qu'elle étouffait par crainte de souffrir. La même impulsion qui l'avait poussée à accepter de danser avec un bel inconnu l'avait guidée vers le parc, où son cœur pourrait savourer la magie d'une promenade sous les arbres bourgeonnants à la lueur des lampadaires.

Mais l'homme sombre qui marchait à côté d'elle ne percevait sans doute pas la magie qui les enveloppait. Il était probablement plus à l'aise avec les faits et les chiffres.

Quel pouvait être son métier ? Elle devinait que son smoking était taillé sur mesure, et il faisait partie des invités d'un des galas de charité les plus prestigieux de l'année. Il devait être un homme très important. Il représentait un mélange contradictoire qui éveillait sa curiosité. Toute son attitude respirait l'arrogance, mais il avait probablement un bon fond, puisqu'il renonçait à déguster des cocktails et des petits-fours pour escorter une inconnue à travers Central Park.

Toutes ces considérations faisaient qu'il lui était difficile de ne pas s'emballer.

— Puis-je au moins connaître le nom de mon preux chevalier à l'armure étincelante ?

Quelques secondes s'écoulèrent avant qu'il réponde.

— Damon.

— Comme ce petit garçon dans le film d'horreur ?

Le son grave du léger rire qui secoua son compagnon lui procura un délicieux frisson.

— Vous pensez que je suis le fils du diable ?

— Je ne vous connais pas suffisamment pour en décider.

Mais à en juger par la tentation qu'il exerçait sur elle, il était parfait pour le rôle.

— Et vous ? demanda-t-il. Comment vous appelez-vous ?

— Evie.

Elle avait donné le nom par lequel Constanza l'appelait, comme si son instinct lui soufflait de ne pas partager plus d'informations que nécessaire avec un homme qui la troublait autant.

— Où vivez-vous, Evie ?

— Je ne réponds jamais à cette question lors d'un premier rendez-vous.

Elle regretta aussitôt l'emploi de ce terme inapproprié à la situation.

— Vous acceptez beaucoup de premiers rendez-vous ?

— Pas vraiment.

— Ah bon ? Et pourquoi ?

— Généralement, je répète, ou je passe des auditions, ou je joue. Constance est mon seul amour, conclut-elle en soulevant légèrement son étui à violoncelle.

— Constance ? Pourquoi ce nom ?

Elle ravala les propos élogieux qui lui venaient à l'esprit quand elle voulait évoquer la femme qui était devenue sa mère. Constanza avait fait pousser puis vendu des géraniums à la sauvette pour lui payer son premier violoncelle. Elle se remémorait son rire rauque et ravi quand Evolet avait joué son premier morceau. Ses mains calleuses quand elle avait séché les larmes d'Evolet la première fois qu'elle avait échoué à une audition. Non, elle n'allait rien partager avec cet homme qui ne partageait rien.

Aujourd'hui, Constanza vivait dans une maison de retraite, victime d'une maladie qui lui ôtait peu à peu ses facultés mentales. Evolet avait envie de crier sa rage face à l'injustice du sort, qui lui avait enfin donné ce qu'elle désirait le plus au monde – une famille – pour le lui reprendre d'une façon aussi cruelle.

— Ma mère adoptive s'appelle Constanza.

— Ça a l'air lourd.

— C'est le cas, mais je suis la seule autorisée à le porter.

Elle s'empressa de changer de sujet.

— Et vous ? demanda-t-elle. Vous avez abandonné votre amie au gala ? Ou vos amies, devrais-je dire ?

Elle n'en revenait pas que cette simple allusion à la rousse explosive qu'elle avait vue poser une main sur le bras de Damon puisse éveiller ce qui ressemblait fort à de la jalousie.

— Vous voulez parler de Tracy Montebach et de son amie dont le nom m'échappe ? Elles ont probablement déjà mis le grappin sur une autre proie.

Le nœud qui lui serrait la gorge se détendit.

— Alors ce n'est pas le grand amour ?

Son rire grave la fit de nouveau frissonner. Quand il riait, il se transformait littéralement ; de charmant, il devenait beau comme un dieu, avec ses dents blanches qui ressortaient dans l'obscurité et ses yeux qui se plissaient.

— Je ne pense pas que Tracy ait la moindre idée de ce qu'est l'amour. Et... de plus, l'amour ne m'intéresse pas.

— Cela sonne comme une décision sans appel.

— Effectivement.

La détermination qu'elle perçut dans sa voix lui fit lever la tête. Son expression était de nouveau impénétrable.

— C'est une longue histoire, je suppose, dit-elle.

— Oui.

Elle eut envie de lui demander qui ou quoi l'avait détourné de l'amour, mais le souvenir de la rebuffade qu'elle avait subie la retint, et ils continuèrent à marcher en silence.

Quand ils arrivèrent sur l'un des ponts qui enjambaient les nombreuses allées du parc, elle s'arrêta pour s'accouder à la rambarde et regarda le manège en contrebas. Des lumières dorées brillaient à l'intérieur du bâtiment de briques qui abritait l'antique carrousel. Les chevaux de bois montaient et descendaient au son joyeux de la musique de l'orgue de foire. À cette heure, il était pratiquement vide.

Damon s'accouda à son tour à la rambarde et contempla le manège en silence. Paradoxalement, sa présence masculine la troublait autant qu'elle la réconfortait. Elle était si souvent seule… Avec le temps, elle s'y était habituée et avait fini par préférer la solitude à la compagnie. Mais en cet instant, devant l'un de ses endroits favoris à New York, à côté de cet homme qui avait réussi à faire tomber ses défenses, elle comprenait mieux le charme qu'on pouvait trouver à partager ses pensées avec quelqu'un.

Ce fut Damon qui rompit le silence.

— Je n'étais plus venu ici depuis des années. C'était pour mon cinquième anniversaire, je pense.

— Pas de grande fête ?

— Non… Mes parents n'étaient pas du genre à gâter outrageusement leur fils, malgré leur fortune, dit-il après une brève hésitation. Ils n'ont jamais oublié d'où ils venaient.

Elle sentit que les mots sortaient difficilement. Elle perçut aussi une excuse muette pour la fin de non-recevoir qu'il lui avait opposée dans la salle de bal, et elle l'accepta. Comment pourrait-elle lui reprocher de ne pas vouloir évoquer un sujet visiblement douloureux, alors qu'elle faisait pareil tout le temps ?

— Et vous, vos parents vous ont-ils amenée ici ? demanda-t-il en montrant le manège qui avait ralenti.

— Non, murmura-t-elle.

En fait, la première fois où elle avait posé les yeux sur le manège était le jour où l'assistante sociale lui avait acheté une glace alors qu'elle l'emmenait dans sa première famille d'accueil. Un lot de consolation pour l'aider à surmonter l'abandon de sa mère. La carriole du glacier se trouvait tout près du pont où elle se tenait à présent. Elle avait observé les enfants qui riaient sous le regard attendri de leurs parents.

Pour elle, le manège représentait l'amour. La sécurité. La famille. Toutes ces choses qu'elle avait désirées en vain pendant des années.

Elle se remit en marche. Elle se sentait un peu idiote d'avoir été sur le point de confier ces souvenirs amers à un inconnu. Il lui emboîta le pas. Elle fit mine de ne pas saisir le regard interrogateur dont il l'enveloppait.

— C'est une longue histoire, je suppose, dit-il enfin après quelques minutes et alors qu'elle se croyait tirée d'affaire.

Surprise de l'entendre reprendre ses paroles, elle trébucha et il la saisit par le coude pour l'empêcher de tomber.

— Le manège. Il a une signification particulière pour vous, insista-t-il.

— Ou peut-être que je le trouve simplement joli.

Avant qu'il puisse répondre, une goutte de pluie tomba. Elle tendit la main et sourit au ciel nocturne, heureuse de cette distraction.

— Vous n'êtes pas inquiète pour votre instrument ?

— Il ne risque rien. J'ai dépensé une petite fortune pour l'achat de cet étui étanche.

Un éclair zébra le ciel. Il fut suivi par un faible grondement de tonnerre, comme un roulement de tambour annonçant un événement exceptionnel. Evolet songea qu'elle était sage depuis si longtemps. Elle avait enfoui ses rêves et ses désirs en lieu sûr, hors d'atteinte de ce monde cruel et capricieux.

Mais pas ce soir. Ce soir, elle avait dansé avec un bel inconnu dans une salle de bal somptueuse. Puis il l'avait accompagnée pour qu'elle ne rentre pas seule.

La pluie se mit à tomber à grosses gouttes et, pour la troisième fois de la soirée, elle agit sous le coup d'une impulsion. Elle rejeta la tête en arrière pour offrir son visage à la tiède caresse des gouttes qui l'éclaboussaient.

La pluie tombait sur le visage d'Evie en gouttes scintillantes comme des diamants. Ses lèvres s'incurvèrent en un sourire insouciant et heureux, et elle éclata de rire. Son rire résonna comme des bulles de champagne à l'oreille de Damon.

Elle était d'une beauté à couper le souffle. Subjugué par la vision fascinante qu'elle lui offrait, il glissa un bras autour de sa taille. Elle cessa de rire. Leurs regards se rencontrèrent. Une seconde interminable s'écoula tandis qu'il lui donnait le temps de s'écarter. Quand elle se rapprocha, il eut l'impression qu'un brasier s'enflammait en lui. Il se pencha et prit possession de ses lèvres.

Il effleura d'abord sa bouche, mais lorsqu'elle émit un doux gémissement, le contrôle de la situation lui échappa. Il écarta une mèche mouillée du visage de sa compagne, avant de plonger les mains dans sa chevelure. Elle se plaqua davantage contre lui. Si le contact de ses vêtements mouillés le mettait dans un tel état d'excitation, qu'en serait-il s'il la tenait nue dans ses bras ?

Sous la pression de sa langue, elle entrouvrit les lèvres et il put enfin goûter cette bouche qui enflammait son imagination depuis le début de la soirée. Leur baiser, d'abord langoureux, se fit plus passionné tandis qu'elle nouait les bras derrière sa nuque. Le plaisir qu'il éprouva à sentir ses mains féminines le caresser, s'accrocher à ses cheveux, le prit au dépourvu. Jamais il n'avait été aussi prompt à s'embraser.

L'air printanier fraîchit sous l'averse. Mais au milieu du parc, dans cette ville de plusieurs millions d'habitants, la passion faisait bouillonner le sang dans ses veines, et il réalisa qu'il n'avait jamais connu pareille expérience. La pluie lui faisait ressentir avec plus d'acuité la chaleur de leurs corps enlacés, et il n'en revenait pas d'éprouver ces sensations incroyables avec une femme qu'il venait à peine de rencontrer. Une femme qui avait su contourner ses défenses et le toucher en plein cœur.

Cette femme était dangereuse.

Mais quand il la sentit onduler contre lui, dans un mouvement plus instinctif que subtil, cet aveu sans fard du désir qu'il lui inspirait le galvanisa. Sans interrompre son baiser, il posa les mains sur les fesses de sa compagne et la plaqua contre lui. Elle laissa échapper une petite exclamation de surprise lorsqu'il pressa son érection contre son ventre.

Au milieu du délire sensuel qui menaçait de lui faire perdre la tête, il réalisa soudain qu'elle tremblait. Au prix d'un effort surhumain, il desserra son étreinte.

— Ne vous arrêtez pas, Damon, chuchota-t-elle.

Sa supplique causa sa perte. Il reprit son baiser avec une ferveur décuplée tout en la serrant convulsivement contre lui. Il l'embrassait et la caressait avec un instinct de possession qu'il n'avait jamais éprouvé pour aucune autre. Il sentait que la même passion sauvage habitait sa compagne et il avait l'impression de vivre un rêve dont il ne voulait jamais se réveiller.

Des rires qui fusèrent sur le chemin le ramenèrent cependant à la réalité. À contrecœur, il releva la tête et vit deux adolescentes, à quelques pas, qui les observaient. L'une embarrassée, l'autre visiblement amusée.

— Désolée, lança la plus délurée d'un air pas désolé du tout. Amusez-vous bien.

Puis, en pouffant de rire, elles s'éloignèrent.

Lentement, Damon se retourna vers Evie, qu'il tenait toujours entre ses bras. Elle le fixait, les yeux écarquillés comme sous le coup d'un choc. Ses lèvres étaient gonflées et sa poitrine se soulevait au rythme désordonné de sa respiration.

— Evie, je...

L'entendre prononcer son nom réussit à la ramener à la vie. Elle s'écarta brusquement de lui, saisit l'étui à violoncelle et descendit à vive allure l'escalier creusé à flanc de coteau qui partait du pont.

— Attendez !

Encore bouleversé par ce qu'il venait de vivre, Damon resta les yeux rivés sur l'allée déserte tandis que la pluie redoublait d'intensité. Une partie de lui-même – celle qu'elle avait ensorcelée avec ses yeux dorés et son courage frisant la témérité – voulait se lancer à sa poursuite. Son côté rationnel, celui qui régentait sa vie depuis plus de dix ans, lui ordonnait de la laisser partir, puisque c'était sa décision.

Le désir finit par l'emporter sur la raison, et il dévala à son tour l'escalier. Mais il était trop tard, l'allée était déserte en contrebas. Elle avait disparu. Engloutie par l'obscurité striée par l'averse.

# 4

Evolet étudiait les passagers qui se trouvaient dans sa rame. Certains avaient les yeux fixés sur leur téléphone, leur livre ou leur compagnon. Une famille de touristes discutait des lieux qu'ils voulaient visiter. Une petite fille lui sourit quand leurs regards se croisèrent.

Un lundi ordinaire dans le métro, songea-t-elle en oubliant sa fatigue. En effet, elle n'était pas encore bien réveillée malgré les deux cafés qu'elle avait bus. Il fallait dire qu'elle avait connu des nuits agitées, hantée qu'elle était par le souvenir obsédant des baisers du séduisant Damon.

Evolet avait décidé depuis longtemps que le métro ne méritait pas sa mauvaise réputation. Non seulement c'est dans ses méandres souterrains qu'était née sa passion pour la musique, mais les lieux offraient le spectacle de la comédie humaine, jamais ennuyeux, parfois même franchement amusant.

À en juger par la moue désapprobatrice de Damon quand elle avait parlé de prendre le métro, il ignorait les joies que pouvait réserver ce moyen de transport.

Décidément, cet homme – et ses baisers ensorceleurs – refusait de la laisser en paix, songea-t-elle alors qu'une voix électronique annonçait sa station. Elle devait cependant reconnaître que cet intermède romantique dans le parc avait eu un effet bénéfique. Poussée par une sorte d'euphorie, samedi matin, elle était allée rendre visite à Constanza dans sa maison de retraite. Puis elle avait passé l'après-midi et toute la journée du lendemain à travailler son violoncelle dans le parc. Pour la première fois, c'était la passion qui avait guidé son archet, le désir qui avait tiré les notes sensuelles de son violoncelle. Jouer avait été une expérience presque érotique, qui l'avait laissée troublée et rougissante.

Elle avait ressenti une foi nouvelle dans son talent, qui lui donnerait de l'assurance pour ses futures auditions.

En attendant, elle devait payer son loyer. C'est pourquoi elle avait accepté la mission urgente que lui avait proposée New York Executives, l'agence d'intérim spécialisée dans le domaine de l'assistanat de direction pour laquelle elle travaillait.

Ce n'était pas la carrière de ses rêves, mais la nature temporaire de son travail et la diversité des entreprises qui l'avaient employée – compagnies aériennes et maritimes, hôtels, restaurants et même un théâtre – l'empêchait de sombrer dans la routine. Pour ne rien gâcher, c'était très bien rémunéré.

Miranda, l'une des directrices de l'agence, l'avait appelée à 6 heures ce matin. L'assistante d'une manager de haut rang chez Bradford Global avait accouché dans la nuit, quatre semaines plus tôt que prévu. La société était en lice pour obtenir un contrat très important et la manager, une certaine Laura Roberts, avait absolument besoin de quelqu'un pour préparer le dernier round de l'appel d'offres.

En entendant le nom de la compagnie, Evolet avait paniqué. La majorité des invités présents au gala ne travaillaient sans doute pas pour la Fondation Bradford. Mais si c'était le cas de Damon ? Si elle tombait sur lui dans les couloirs, ou si elle devait collaborer avec lui ?

Elle avait fébrilement tapé « Damon » sur le site de Bradford Global, mais sa recherche n'avait donné aucun résultat. Elle n'aurait su dire si elle était déçue ou soulagée. Tout risque de rencontrer l'homme dont l'évocation faisait s'accélérer les battements de son cœur écarté, elle s'était préparée pour se rendre à son nouveau travail.

Résolue à bannir Damon de ses pensées, elle descendit à sa station. Mêlée à la cohue matinale, elle arriva en haut de l'escalier. Le soleil printanier brillait faiblement. Le district financier de Manhattan vibrait déjà d'activité.

Le siège de Bradford Global occupait le dernier étage d'une tour de construction récente qui dominait les gratte-ciel du quartier. Les portes de l'ascenseur qui l'avait conduite en quelques instants au soixante-dixième étage s'ouvrirent sur une réception au parquet de bois sombre. De profonds fauteuils en cuir marron donnaient envie de s'y installer avec un bon roman. De vastes baies vitrées offraient une vue à couper le souffle sur Midtown.

Cette atmosphère confortable de bibliothèque la prit au dépourvu. À en juger par le gala somptueux auquel elle avait assisté vendredi, elle s'était plutôt attendue à un univers aseptisé, très blanc et moderne.

Elle se dirigea vers l'accueil. La femme assise derrière l'imposant bureau frappé du logo de l'entreprise devait avoir cinquante-cinq ans, soixante maximum, mais Evolet espérait qu'elle aurait son allure à cet âge-là. Avec son carré blond court qui encadrait un visage aux pommettes divines, des diamants scintillant à ses oreilles, une silhouette mince dans une sobre robe bleu marine, elle avait une classe folle.

Avant qu'Evolet ait eu le temps de se présenter, la femme se leva.

— Bienvenue à Bradford Global, dit-elle en lui adressant un sourire éclatant. Je suis Julie, la secrétaire en charge de la réception. Vous devez être Evolet Grey… La sécurité m'a prévenue de votre arrivée.

La voix mélodieuse de Julie et la pointe d'accent indéfinissable eurent pour effet de briser immédiatement la glace, et Evolet ne ressentit pas la tension qui pouvait vous assaillir lors du premier jour dans un nouvel emploi.

— Merci, répondit-elle en rendant son sourire à Julie. Je suis ravie de travailler dans votre équipe pour les deux mois à venir. Mais j'espère que la femme que je remplace et son bébé vont bien ?

Le sourire de Julie s'élargit.

— C'est très gentil de vous en inquiéter, répondit-elle en sortant son téléphone de sa poche pour lui montrer la photo d'une jeune femme visiblement épuisée, mais radieuse, tenant un nouveau-né minuscule dans ses bras. La mère et l'enfant se portent à merveille ! Votre contrat risque même d'être prolongé. Louise a juré qu'elle serait de retour dans deux mois, mais je parie qu'elle prendra son congé maternité en entier.

Avant qu'Evolet puisse ajouter quelque chose, le téléphone sur le bureau de Julie sonna. Celle-ci alla le décrocher.

— Oui ? Oui, elle vient d'arriver. Nous venons.

Elle raccrocha, attrapa une pochette en cuir posée sur la table et se tourna vers Evolet, toujours souriante.

— M. Bradford est dans la salle de réunion avec des représentants d'une société rivale. Il voudrait que vous vous joigniez à eux.

— On m'avait dit que je travaillerais pour Mme Roberts, lança Evolet sans masquer son étonnement.

— Oh ! c'est sans doute un malentendu, répliqua Julie en lui faisant signe de la suivre. C'est Laura Roberts qui a contacté l'agence d'intérim, mais c'est M. Bradford qui a besoin d'une assistante. Laura a déjà fait appel à eux, c'est pourquoi il lui a demandé de les appeler personnellement pour qu'ils nous envoient quelqu'un avec votre expérience. Tout va bien, mon petit ? ajouta-t-elle en voyant son air perturbé.

Evolet lui adressa un sourire rassurant.

— Oui. Je pensais que je travaillerais pour Mme Roberts,

alors j'ai fait quelques recherches sur Internet ce matin pour connaître son parcours et ses centres d'intérêt. Je préfère être préparée, mais je me débrouillerai.

— Si ce n'est que ça, je peux vous dire tout ce que vous avez besoin de savoir sur Edward Bradford, répliqua Julie tout en continuant à avancer. Il aime à se décrire comme barbant et inaccessible, mais nous avons beaucoup de chance de l'avoir pour patron. Il est très intelligent, comme son père, et il n'a pas peur de se salir les mains. Littéralement. Je l'ai vu travailler à la chaîne de montage dans l'une de ses usines pour comprendre ce que vivaient ses employés. Ce n'est pas une pratique courante chez beaucoup de chefs d'entreprise qui font la couverture de *Fortune*.

La plaidoirie de Julie, qui était visiblement fière de son patron, la tranquillisa, quand elle aperçut au bout du couloir une porte extraordinaire. Imposante, capitonnée de cuir bordeaux et ornée d'une poignée de cuivre rutilante, elle était visiblement ancienne.

— Elle est magnifique, n'est-ce pas ? fit remarquer Julie qui avait suivi son regard. Elle se trouvait dans le bureau du père d'Edward. Quand nous avons emménagé, ce dernier l'a fait installer ici. David aurait apprécié. Nous ne parlons jamais de lui, mais Edward l'aimait beaucoup.

— Vous avez travaillé pour le père d'Edward ?

— Et pour son grand-père.

— Son grand-père ? répéta Evolet, estomaquée. Mais... vous... Je ne peux pas croire que vous travaillez depuis aussi longtemps ! Quel âge avez-vous ?

Julie éclata d'un rire enchanté. Elle lui rappela Constanza. La joie de vivre irradiait de toute sa personne et sa bonne humeur était communicative.

— Quelle façon merveilleuse de commencer la semaine !

s'exclama Julie. Je pense que vous allez très bien vous adapter chez nous, Evolet Grey !

Elles étaient arrivées dans un vaste open space. Des gens travaillaient sur leur tablette, confortablement installés dans des canapés en cuir autour de tables basses, d'autres devant des ordinateurs dernier cri sur les nombreux bureaux savamment répartis dans l'immense pièce. Comme à la réception, des abat-jour en métal noir descendaient du haut plafond pour éclairer la salle. Les photographies anciennes en noir et blanc accrochées aux murs de brique ajoutaient une touche nostalgique au décor contemporain mais néanmoins chaleureux.

Son estime pour Edward Bradford monta d'un cran. Elle était lasse des espaces de bureau impersonnels qui encourageaient l'individualisme. Bradford semblait avoir pris le parti inverse. Une cafétéria occupait un coin de la pièce, à côté d'une terrasse invitant à la détente.

Julie salua quelques collègues au passage, puis elle conduisit Evolet vers un escalier qui menait à une mezzanine entièrement vitrée. Evolet répondit aux regards interrogateurs par un sourire. À première vue, l'ambiance qui régnait chez Bradford Global lui plaisait. Toutefois, par tempérament et du fait de la nature temporaire de son activité, elle ne se liait jamais vraiment avec ses collègues. Elle préférait ne pas s'attacher, ainsi elle était à l'abri de toute déception et elle n'était pas triste quand elle s'en allait.

À l'intérieur de la pièce vitrée, plusieurs personnes étaient assises autour d'une grande table de réunion. La discussion semblait animée.

— Titan Manufacturing, marmonna Julie. Ils ont été recalés dès le premier tour de l'appel d'offres lancé par Royal Air. Et maintenant, ils essaient de nous convaincre de nous associer avec eux.

Elle tendit une pochette en cuir à Evolet.

— Voici une tablette pour prendre des notes. Consignez bien tous les détails des diverses propositions pour que M. Bradford puisse les consulter plus tard. Il y a une chaise au fond de la salle, où vous pouvez vous asseoir. M. Bradford vous recevra dans son bureau à l'issue de la réunion pour vous expliquer ce qu'il attend de vous au cours des prochaines semaines.

Son sourire radieux éclairait de nouveau son visage quand elle posa la main sur la poignée de la porte.

— Bienvenue à Bradford Global, mademoiselle Grey.

Comme avant de monter sur scène, Evolet sentit son estomac se nouer. Mais sa détermination chassa son trac.

— Merci.

La porte s'ouvrit. Une voix colérique où perçait une pointe de désespoir l'accueillit.

— Vous nous avez déstabilisés lors de la première phase, Bradford ! Le moins que vous puissiez faire pour vous racheter est de vous associer avec nous pour la suite.

— Vous vous êtes déstabilisés tout seuls, Thad. Ne me rendez pas responsable des insuffisances de votre compagnie.

La voix grave et veloutée enveloppa Evolet comme l'étreinte d'un amant. Ce fut au prix d'un effort considérable qu'elle réussit à tourner la tête vers l'endroit d'où provenait cette voix qui l'obnubilait depuis deux jours.

Damon ! En chair et en os, assis dans un fauteuil à une extrémité de la table de réunion, vêtu d'un costume anthracite dont la coupe parfaite soulignait sa carrure athlétique. Son regard aigu qui lui faisait penser à un fauve prêt à bondir démentait son attitude nonchalante.

Le cœur d'Evolet battait si fort dans sa poitrine qu'elle était persuadée que le bruit couvrirait la discussion. Elle observa plus attentivement l'homme assis en face de Damon qui continuait à s'époumoner. Il avait les cheveux noirs et un visage artificiellement bronzé. De toute évidence, il n'était pas du genre à prêter attention aux détails, comme par exemple quand il se trouvait en face d'un prédateur plus puissant que lui.

Enfin, le regard de Damon croisa le sien. Elle crut y déceler une stupéfaction égale à la sienne, mais ce fut très bref, et la seconde suivante il arborait le masque impassible qu'il avait affiché quand il l'avait rabrouée sur la piste de danse.

Elle ne perdit pas de temps à se demander pourquoi diable il lui avait donné un faux nom. C'était sans importance. Calquant son attitude sur la sienne, elle se dirigea vers la chaise que lui avait indiquée Julie. Sa conscience professionnelle lui interdisait de partir immédiatement. Elle ne pouvait pas travailler pour l'homme qu'elle avait embrassé passionnément dans Central Park. Mais elle prendrait des notes pendant cette réunion, puis elle lui présenterait sa démission une fois qu'ils seraient seuls dans son bureau. Il faudrait aussi prévenir l'agence. Elle n'avait jamais refusé une mission jusque-là, elle espérait qu'ils ne lui en tiendraient pas rigueur. Mais comment justifierait-elle son départ ? Elle ne pouvait décemment pas leur raconter qu'elle s'était agrippée au cou du P-DG de Bradford Global comme un serpent pendant qu'il l'embrassait.

Elle réprima le fou rire que faillit provoquer cette image. Mais son sens de l'humour lui permit de recouvrer ses esprits. Elle ôta son manteau, sortit la tablette de sa pochette et s'assit.

L'attention de Damon était de nouveau fixée sur l'homme au bronzage artificiel. Elle s'autorisa une dernière fois à le regarder, à se souvenir de la façon dont il avait caressé son visage, dont il l'avait serrée contre lui comme s'il ne voulait jamais la lâcher… puis elle se coula dans le rôle d'Evolet Grey, assistante de direction intérimaire du P-DG de Bradford Global, et elle bannit de son esprit les sentiments que lui inspirait l'homme qu'elle avait embrassé sous la pluie.

# 5

Tandis qu'il se dirigeait vers son bureau, Evie – ou Evolet, peu importe le nom qu'elle avait choisi – sur ses talons, Damon pensa que jamais réunion ne lui avait paru aussi longue. Plus d'une fois, il avait rêvé d'appeler la sécurité pour faire expulser Thad Williams manu militari.

Il était conscient que s'irriter des revendications extravagantes de son concurrent avait constitué un bon moyen pour ne pas laisser son imagination vagabonder vers la femme assise au fond de la salle.

Evolet Grey, son assistante intérimaire pour les deux prochains mois.

Cette réunion avait été un calvaire. Comment tiendrait-il le coup pendant huit semaines avec elle dans son immeuble, dans ses réunions, dans *son bureau* ?

Quand il l'avait découverte sur le pas de la porte, le regardant comme si elle voyait un fantôme, son désir s'était enflammé. Il avait dû faire un effort surhumain pour ne pas bondir de son fauteuil et aller la prendre dans ses bras.

Cette réaction était d'autant plus étonnante que jamais la vue d'une femme n'avait réussi à le distraire de son travail. Dieu sait comment, il avait réussi à afficher un calme qu'il était pourtant loin d'éprouver. Pour toutes ces raisons, il avait décidé que, une fois qu'ils seraient seuls, il la congédierait.

Il poussa la porte capitonnée du bureau de direction. Bon sang, il avait *embrassé* cette femme ! Ce baiser s'était insinué comme une drogue dans ses veines et l'avait laissé littéralement en manque. Jamais il n'avait vécu une expérience semblable.

— Entrez, lança-t-il par-dessus son épaule quand il l'entendit hésiter sur le seuil. Et fermez la porte.

— Êtes-vous sûr que ce soit une bonne idée, monsieur ?

Il contourna son bureau et choisit d'ignorer la nuance d'impertinence qu'il perçut sous son ton parfaitement poli.

— Bien entendu. À moins que... vous craigniez de ne pas arriver à vous contrôler ? dit-il avec un sourire moqueur.

Elle s'empourpra et le fusilla du regard. Son chignon impeccable dont pas une mèche ne dépassait ne parvenait pas à effacer le souvenir de sa chevelure libérée dans laquelle il avait voluptueusement plongé les doigts.

Aujourd'hui, elle se tenait devant lui avec sa blouse à lavallière blanche, son pantalon noir, et pourtant cette image de la parfaite professionnelle ne parvenait pas à lui faire oublier la fougue avec laquelle elle s'était abandonnée à leur baiser.

Agacé par le tour que prenaient ses réflexions, d'un geste de la main, il l'invita à s'asseoir, puis il prit place à son tour.

Elle parcourut la pièce du regard.

— Pas mal pour Edward Bradford, P-DG de Bradford Global. Ou est-ce Damon ? J'ignorais que les P-DG recouraient à des pseudonymes de nos jours...

Touché au vif par son ton sarcastique, il rétorqua :

— Merci, *Evie*.

Elle eut la grâce de rougir.

— C'est mon nom, répliqua-t-elle d'un ton de défi.

— Tout comme Damon est le mien. Edward Charles Damon Bradford.

— Votre troisième prénom, marmonna-t-elle. Pourquoi ne pas m'avoir dit qui vous étiez ?

— L'anonymat a son charme. Je rencontre rarement quelqu'un qui ignore qui je suis, ce que je fais et le nombre approximatif de zéros sur mon compte en banque.

— Et vous pensez que je me laisse impressionner par quatre noms et un beau bureau ?

Il ne put pas se retenir de sourire.

— Cela suffit pourtant à impressionner la plupart des gens.

— Je ne dois pas être comme la plupart des gens.

— Non, dit-il, soudain redevenu sérieux. Certainement pas.

Conscient qu'il retardait le moment de lui annoncer qu'il ne pouvait pas la garder, il lui demanda cependant :

— Puis-je voir vos notes, s'il vous plaît ?

Il prit la tablette qu'elle lui tendit et se cala dans son fauteuil pour parcourir l'écran. Il comprit rapidement pourquoi l'agence d'intérim avait recommandé Evolet.

Elle était douée. Très, très douée. Non seulement ses notes étaient détaillées et pertinentes, mais elle avait aussi retranscrit dans une deuxième colonne les conversations qui s'étaient tenues autour de la table pendant que Thad abreuvait Damon de ses récriminations.

— Brigid LaRue envisage de quitter Titan Manufacturing ?

— Oui. M. Williams ne tient aucun compte de ses propositions.

— Comment avez-vous réussi à entendre tout ça ?

Elle haussa les épaules, fataliste.

— Beaucoup de gens ne prêtent pas attention aux assistantes. Sauf pour leur réclamer une tasse de café ou un nouveau stylo. Ils parlent en notre présence comme si nous n'étions pas là.

— Je pense que vous avez travaillé pour les mauvaises personnes.

— C'est possible, mais de toute façon, je n'ai pas l'intention de faire carrière dans ce métier, monsieur Bradford. Il me permet de payer les factures en attendant que je sois engagée par un orchestre professionnel.

— Vous êtes pourtant douée.

— Et vous êtes doué pour la danse, mais j'imagine que vous n'envisagez pas une carrière de danseur mondain.

Le sourire malicieux dont elle appuya ses paroles leur ôta tout venin.

— Ce travail me plaît, reprit-elle. Il requiert une attention aux détails et le sens de l'organisation. De plus, c'est très bien payé, ce qui me procure un moyen de subvenir à mes besoins en attendant de pouvoir vivre de ma musique.

Elle avait hésité avant d'ajouter cette dernière remarque, comme si elle rechignait à révéler des informations trop personnelles. Il l'étudia attentivement un instant avant de jeter un œil sur le CV que Julie avait imprimé pour lui ce matin. Jusqu'à ce qu'il découvre qu'Evolet Grey était la femme qui lui avait fait perdre la tête, il avait pensé avoir trouvé la perle rare. Allait-il renoncer à une assistante hautement qualifiée et qui représentait un atout indéniable pour l'obtention du contrat avec Royal Air ?

Certes, elle était belle et elle l'intriguait. Mais il était capable de dompter sa libido, surtout quand l'intérêt de Bradford Global était en jeu. La fascination qu'elle exerçait sur lui finirait par disparaître, surtout s'il se focalisait sur ce qu'il savait faire le mieux : travailler. Travailler l'avait toujours aidé à s'affranchir des émotions, bonnes ou mauvaises, pour se concentrer sur l'essentiel.

— L'agence vous a-t-elle briefée sur le contrat que nous essayons d'obtenir ? demanda-t-il.

Elle s'attendait sans doute à ce qu'il mette un terme à leur collaboration, car sa question la désarçonna visiblement. Mais elle se ressaisit prestement.

— Vous voulez parler de Royal Air, je suppose ? Ils veulent développer leur flotte et ils ont besoin d'un constructeur fiable, capable de produire des avions dans un délai assez court.

Damon acquiesça.

— Bradford Global est parmi les trois entreprises sélectionnées pour la dernière phase d'attribution du contrat.

— Félicitations ! dit-elle, les yeux brillant d'un intérêt sincère qui lui fit plaisir.

— Merci. Je vois dans votre CV que vous avez travaillé pendant cinq mois comme assistante du directeur financier d'une grande compagnie aérienne, et quatre mois pour le directeur marketing d'une autre. Vous avez plus de six ans d'expérience. Tous vos employeurs louent votre efficacité, votre talent pour les détails et vos « manières agréables ». Quand Laura a appelé l'agence, vous étiez leur premier choix.

— Et j'apprécie leur confiance, mais... Qu'en est-il de... ?

Elle se tut et s'empourpra.

— Qu'en est-il de quoi ? demanda-t-il d'un ton faussement innocent.

Elle leva les yeux au ciel.

— Le fait que vous m'ayez embrassée dans le parc.

— Si mes souvenirs sont bons, vous aussi, vous m'avez embrassé. Et puis-je vous faire remarquer que...

Il s'interrompit pour regarder sa montre.

— Nous avons réussi à passer huit minutes dans mon bureau sans réitérer l'expérience.

Il haussa un sourcil de façon ironique avant d'abattre sa dernière carte :

— À moins que vous ne pensiez pas être capable de résister à l'envie de m'embrasser de nouveau ?

— Bien sûr que j'en suis capable ! rétorqua-t-elle, piquée au vif. Ce n'était qu'un simple baiser.

Voilà ! C'était exactement l'attitude qu'il attendait d'elle et il ne doutait pas que leur relation sur le plan professionnel serait un succès. Tant pis si elle avait égratigné son ego au passage en résumant ce qui s'était passé entre eux à « un simple baiser ».

— Parfait. Dans ce cas, mademoiselle Grey, au travail !

# 6

Evolet pianota légèrement des doigts contre le manche de son étui à violoncelle tandis que l'ascenseur s'élevait dans les étages. Après deux jours passés à perdre un temps précieux dans les transports en commun, elle s'était résolue à emporter son violoncelle avec elle au bureau. Voyager en métro aux heures de pointe avec son volumineux étui n'était pas une partie de plaisir, mais cela lui permettait de se rendre directement dans Central Park en descendant à la 59e Rue pour pouvoir travailler son instrument. Si elle voulait avoir une chance d'être engagée par l'East Coast Chamber Orchestra, elle devait s'exercer autant que possible en prévision de l'audition qui avait lieu à la fin de la semaine.

C'était sa première audition depuis plus d'un mois, et elle était excitée, car cet orchestre encore jeune était unanimement respecté et constituerait un début de carrière prometteur.

Mais chaque chose en son temps, parce que pour l'instant Bradford Global réclamait toute son attention, se dit-elle en sortant de l'ascenseur.

Elle travaillait depuis deux semaines maintenant pour l'entreprise, et le temps lui paraissait à la fois s'étirer interminablement et filer à toute allure. Aussi matinale soit-elle, elle n'avait pas encore réussi à devancer Damon. Ils commençaient la journée par un point sur l'agenda et les activités des différents sites de fabrication de la compagnie. Elle ingurgitait ensuite une montagne d'informations, passant des heures à étudier les rapports des départements qui travaillaient sur le projet Royal Air.

Tout cela alors que l'homme qui hantait ses rêves érotiques se trouvait souvent à seulement quelques pas d'elle.

Elle avait son propre bureau, avec une grande fenêtre donnant sur le pont de Brooklyn et les eaux bleues de l'East River. Jusqu'à présent, elle n'avait jamais été tentée de personnaliser son lieu de travail, mais pour la première fois, elle avait posé sur son bureau une photo d'elle avec Constanza et Samuel, le fils de celle-ci. Car Bradford Global n'était pas une entreprise comme les autres.

Elle n'avait jamais travaillé pour une société qui se souciait autant de ses employés. Ce n'étaient pas seulement les petites attentions, comme la cafétéria dans l'open space, ou les déjeuners livrés par un traiteur. C'était la présence maternelle de Julie, le fait que Damon connaisse le nom de chaque personne qui entrait dans son bureau et qu'il demande des nouvelles de leurs enfants ou de leur animal de compagnie. Tous les directeurs et managers calquaient leur attitude respectueuse sur celle de leur P-DG.

Contrevenant à la règle qu'elle s'était fixée de ne pas nouer des relations amicales dans une entreprise où elle ne faisait que passer, elle avait même accepté à deux reprises l'invitation de ses collègues à boire un verre ou à dîner au restaurant après le travail. À l'issue de ces soirées, ces derniers n'avaient plus tout à fait été des étrangers pour elle. Et le plaisir de les retrouver la motivait pour aller au bureau. Pourquoi avait-elle accepté de s'intégrer au groupe ? C'était un mystère. Mais elle aimait faire partie de leur bande. C'est pourquoi il était temps de prendre ses distances.

Un texto éclaira l'écran de son téléphone alors qu'elle posait son sac sur son bureau. Avant de le lire, elle alla ranger son étui à violoncelle dans un coin de la pièce.

— Salut, tu as reçu mon texto ?

Evolet sourit en se tournant vers Audrey Clark, du service marketing, qui se tenait dans l'encadrement de la porte. Son sourire éclatant ressortait dans son visage sombre. Elles avaient sympathisé dès ce premier soir, au bar. Le père d'Audrey jouait dans un groupe de jazz depuis qu'il était à la retraite et elles avaient découvert leur passion commune pour les romans policiers.

— Mon téléphone vient seulement de sonner ! s'exclama Evolet en éclatant de rire.

— On va tous dans un club pour danser samedi soir, ça te dit ?

— Euh... je peux te répondre un peu plus tard ? Je ne sais pas encore où j'en serai de mon travail, et puis j'ai une audition pour le East Coast Chamber Orchestra bientôt et je dois vraiment répéter.

— Waouh ! J'ai assisté à l'un de leurs concerts l'été dernier. Tu dois être super contente !

L'enthousiasme de sa collègue lui donna des remords. Elle connaissait sa partition sur le bout des doigts et une soirée en boîte ne mettrait pas en péril ses chances de succès, mais l'habitude de se protéger eut raison de ses velléités de sociabilité.

— Ne me félicite pas trop tôt. Je n'ai pas réussi une seule audition depuis que j'ai été recrutée par l'Apprentice Symphony.

Avant qu'elle devine son intention, Audrey s'était approchée d'elle pour la serrer affectueusement dans ses bras.

— Hé, ne te dénigre pas. Combien de gens postulent et ne sont même pas convoqués pour une audition ?

Evolet hésita une seconde avant de s'autoriser à répondre à son tour à l'étreinte de son amie. Constanza la prenait dans ses bras tout le temps, mais à part ça, elle n'avait jamais connu beaucoup de contacts physiques dans sa vie.

— Merci, Audrey, chuchota-t-elle, émue malgré elle.

— Je t'en prie. Et je comprends. Peut-être le week-end prochain ?

— Tout va bien ?

Elle se raidit en entendant la voix de Damon. Levant la tête, elle le vit dans l'embrasure de la porte, superbe dans son costume trois pièces anthracite avec sa cravate noire. Comment réussissait-il à avoir l'air sexy dans une tenue aussi stricte ?

Elle s'arracha à sa contemplation avant qu'Audrey ne perçoive la tension qui flottait soudain dans l'atmosphère.

— Oui, répondit-elle en s'adressant à Damon. Audrey me félicitait d'avoir obtenu une audition.

— C'est effectivement une bonne raison de vous féliciter !

— Merci.

Damon regarda sa montre.

— Evolet, pouvez-vous me retrouver dans mon bureau dans quinze minutes ? Nous avons reçu des nouvelles des relations publiques.

— Oui, monsieur.

— « Monsieur » ? répéta Audrey en s'esclaffant quand il eut disparu dans le couloir. Je ne pense pas que quelqu'un l'ait appelé « monsieur » depuis des années.

— C'est mon patron, répondit Evolet en tentant de secouer le trouble où la plongeait chaque rencontre avec Damon.

— Tu devrais quand même essayer de l'appeler Damon, comme tout le monde. Une fois qu'on s'y est habitué, il paraît plus accessible, moins intimidant.

Malheureusement, pour elle ce n'était pas aussi simple qu'Audrey semblait le penser. La dernière fois qu'elle avait appelé Damon par son prénom, c'était dans un murmure pour le supplier de ne surtout pas arrêter de l'embrasser.

Quand Audrey l'eut quittée à son tour, Evolet répondit à quelques mails, puis elle alla chercher deux tasses de café, une pour elle et l'autre pour Damon.

Il ne leva pas la tête de son ordinateur lorsqu'elle entra dans son bureau, une minute avant l'heure dite, mais il jeta un regard sur le café qu'elle posa sur la table.

— Merci.

— Qu'avons-nous à l'agenda aujourd'hui ? dit-elle en s'asseyant sur la chaise en face de lui.

— Les deux études que j'avais demandées sont arrivées. Nous devons vérifier s'il n'y a pas d'erreurs, nous assurer que l'aspect financier correspond aux exigences de Royal Air. Ensuite, si tout est en ordre, nous devons les intégrer dans le document final. J'ai plusieurs réunions dans la journée, vous devrez continuer à relire les études pendant mon absence.

— Oui, monsieur.

Il lui lança un regard sombre.

— Vous faites ça pour m'ennuyer.

En son for intérieur, elle reconnut que c'était vrai. Elle éprouvait un plaisir pervers à voir l'expression imperturbable de Damon se craqueler. Surtout sur un détail aussi insignifiant que le refus de l'appeler par son prénom. C'était une façon de se venger de l'effet troublant qu'il avait sur elle depuis deux semaines.

— Quoi ? demanda-t-elle d'un ton faussement innocent.

Il continuait de la fixer de son incroyable regard émeraude. Au début, cela l'amusa, mais plus il la regardait, plus l'attirance qu'elle éprouvait pour lui s'accentuait.

— Êtes-vous heureuse ici, Evolet ?

Sa question déroutante rompit le charme qui la retenait captive de son regard.

— Aussi heureuse que peut l'être une employée intérimaire, j'imagine.

— Je n'ai que des échos très positifs à votre sujet.

Par un vieux réflexe, elle réprima le plaisir qu'elle éprouvait à entendre que les gens qu'elle appréciait partageaient son sentiment.

— Votre équipe est géniale.

— Vous avez vraiment une audition, ou vouliez-vous simplement décliner l'invitation d'Audrey ?

Quand elle comprit la portée de sa question, la colère la fit grincer des dents.

— Oui, j'ai une audition, monsieur Bradford, dit-elle sèchement. Voulez-vous que je vous transmette la convocation ?

— Vous ne me devez aucune explication, Evolet. Je suis toutefois intrigué. Pourquoi gardez-vous vos distances alors que tout le monde ici a vraiment envie de mieux vous connaître ?

Elle eut la pénible impression qu'il voyait clair dans son jeu. Dieu sait comment, il savait que son attitude asociale ne relevait pas de la timidité. Mais elle n'avait aucun compte à lui rendre.

— Il est 8 h 20, monsieur Bradford. N'avez-vous pas une réunion ?

Il soutint son regard encore quelques secondes. Puis, sans un mot, il se leva, prit son ordinateur portable et sortit de la pièce.

Elle pesta en son for intérieur. Cette brève conversation un peu trop personnelle était la première entorse qu'il avait faite à sa promesse tacite de maintenir leur relation sur un plan strictement professionnel.

Et c'était dommage, car elle devait avouer que, si elle n'avait pas échangé le baiser le plus torride de sa vie avec son employeur du moment, elle adorerait travailler ici. Elle appréciait ses collègues, son bureau et le cadre. Et le projet Royal Air représentait un défi très stimulant.

Mais si elle n'était pas retenue par l'East Coast Chamber Orchestra, la fin de sa mission chez Bradford coïnciderait avec la relâche d'été de l'Apprentice Symphony. À part Constanza, et les quelques sorties qu'elle faisait avec Samuel, elle n'avait personne dans sa vie. Jusqu'à présent, cela lui avait suffi.

Or elle s'apercevait que depuis quelque temps – elle n'aurait su dire combien – elle aspirait à davantage.

Dans l'espoir de se débarrasser de ces pensées qui la perturbaient, elle décida d'aller prendre un café sur la terrasse.

Son moral remonta d'un cran quand elle rencontra Julie à la cafétéria.

— Bonjour, ma belle. Comment vas-tu ? demanda Julie en prenant la tasse de café que lui tendait la barista.

— Bien. J'ai beaucoup de travail, mais c'est très intéressant.

— Je m'en suis doutée quand j'ai vu que Damon ne quittait pratiquement jamais le bureau avant 20 heures ces derniers temps. Je m'en vais à 17 heures, mais je vérifie le registre de la sécurité tous les matins. En parlant d'heure, je dois retourner à mon bureau. Fais-moi savoir si tu as besoin de quelque chose.

Evolet acquiesça machinalement, et Julie partit. Préoccupée par ce qu'elle venait d'apprendre, au lieu d'aller prendre l'air sur le balcon, elle se dirigea vers le bureau de Damon, une tasse de *latte* dans une main et un croquant aux amandes dans l'autre. La date limite pour soumettre le projet était fixée à la semaine prochaine. Il fallait absolument respecter les délais, voire les anticiper. Obsédée par ce qui s'était passé entre eux, elle avait négligé les signaux qui indiquaient que Bradford Global avait besoin de son implication maximale. Voilà où cela conduisait de vous laisser guider par vos émotions ! Il était temps de faire preuve de professionnalisme. Temps d'arrêter de se comporter comme une adolescente boudeuse et de donner enfin le meilleur d'elle-même.

# 7

Damon retint un grognement d'agacement quand il vit l'heure. Sa réunion de 16 heures avait commencé en retard et s'était prolongée plus tard que prévu. Chaque fois qu'il était repassé par son bureau au cours de la journée, il avait trouvé Evolet complètement absorbée par le dossier qu'il lui avait confié. Il ne doutait pas qu'un premier jet du projet serait prêt ce soir. Mais curieusement, il n'était pas pressé de le lire. Il voulait rentrer chez lui, et se détendre en regardant le soleil se coucher tout en sirotant un verre de bourbon.

Ce soudain besoin de farniente était nouveau pour lui. Depuis qu'il avait pris la tête de Bradford Global, cela ne lui était jamais arrivé. Il était toujours occupé et cela lui convenait. Mais depuis peu, retourner dans son duplex vide lui pesait. Peut-être devrait-il suivre le conseil de Julie et adopter un chien ?

Le visage d'Evolet s'imprima dans son esprit.

Il savait pourtant qu'une liaison entre eux était hors de question. Elle travaillait pour lui, et il ne pouvait que se louer de ses qualités professionnelles. Il n'allait pas mettre en danger cette collaboration fructueuse – et le contrat Royal Air – pour assouvir un besoin purement charnel. D'autant qu'elle avait réussi à lui faire perdre la tête une fois déjà, et il ne voulait pas que cela se reproduise.

Parfois, il surprenait un éclair de l'esprit vivace qui l'avait séduit lors du gala. Quand elle lui donnait du « monsieur », par exemple. À ces moments-là, une lueur malicieuse pétillait dans son regard et sa voix prenait une petite intonation impertinente, et cela suffisait pour enflammer son désir.

Une agréable odeur d'épices et de grillades lui chatouilla les narines tandis qu'il approchait de son bureau. Il n'avait rien avalé depuis le déjeuner, quand Evolet lui avait apporté un smoothie de la cafétéria entre deux réunions. Il imaginait que Julie lui avait commandé à dîner.

Il ouvrit la porte de son bureau et se figea.

Evolet était assise dans l'un des fauteuils en cuir, les cheveux noués négligemment sur le sommet de son crâne, quelques mèches retombant sur sa nuque. Elle avait ramené ses jambes sous elle et ses pieds nus dépassaient de dessous sa robe bordeaux dont la coupe ample était tout sauf sexy. Et pourtant, cette vision lui donna envie de déposer un baiser dans le creux de son cou.

— Que faites-vous ici ?

Furieux de sa réaction, il avait parlé un peu sèchement. Elle leva la tête et le regarda, visiblement surprise par son ton.

— Euh... Je travaille ?

Il était parvenu à retrouver son calme et il se dirigea vers son bureau.

— Vous devriez déjà être partie.

— Julie m'a dit que vous restiez tard le soir. Avec la date limite la semaine prochaine, je voulais être sûre que nous tiendrions les délais.

Il lui sourit, touché qu'elle s'investisse autant alors qu'elle n'était là qu'à titre temporaire. Puis il vit deux sacs en papier posés sur sa table de travail.

— Qu'est-ce que c'est ? demanda-t-il.

— Le dîner.

Elle posa son ordinateur sur la table basse et se leva d'un

bond pour le rejoindre. Il la regarda commencer à sortir des barquettes des sacs avec une mine gourmande.

— Ça vient d'un restaurant haïtien juste à côté. Le chef est un ami de Constanza.

— Votre mère adoptive ?

Elle eut l'air heureuse qu'il s'en souvienne.

— Oui. Elle est haïtienne par son père et portoricaine par sa mère. Elle est venue aux États-Unis à la mort de son mari.

Il se contenta de la regarder en attendant qu'elle poursuive. Elle hésita un long moment, puis elle baissa la tête en faisant mine d'examiner la nourriture.

— Mon père est mort quand j'avais trois ans. Je ne me souviens pas de grand-chose, mais lui et ma mère s'aimaient beaucoup. Elle ne s'est pas remise de son décès. Je n'avais pas d'autre famille, alors j'ai été confiée aux services sociaux quand j'avais cinq ans. Pendant dix ans, j'ai bourlingué d'un foyer à un autre, jusqu'à ce que j'atterrisse chez Constanza. Elle m'a adoptée.

— Je suis désolé.

— Il n'y a pas de quoi être désolé.

Son haussement d'épaules indifférent, la nervosité avec laquelle elle écarta une mèche de son visage n'empêchèrent pas Damon de discerner dans son regard le chagrin qu'elle tentait de lui dissimuler.

— Vous avez perdu vos deux parents, dit-il. Je sais ce que c'est.

Elle releva brusquement la tête. Elle était apparemment aussi surprise que lui de ce qu'il venait de dire. Ce n'est pas pour lui-même qu'il avait laissé échapper cette confidence, mais pour l'aider, elle. C'était complètement différent.

— Cela fait mal, ajouta-t-il.

— Très mal. Tout comme le fait d'être bringuebalée d'une famille d'accueil à une autre sans jamais savoir ce qui vous attend.

— C'est pour ça que vous avez choisi de travailler pour une agence d'intérim ?

— C'est une séance de psy improvisée, ou sommes-nous ici pour travailler ? répliqua-t-elle avec un haussement de sourcil ironique.

Il ne put se retenir de sourire.

— J'ai l'impression que je vous rends nerveuse, Evolet.

— Non, répondit-elle en ouvrant l'une des barquettes.

C'était pur égoïsme de sa part, mais il aima entendre sa voix soudain légèrement voilée, voir ses pommettes rosir de façon charmante. De toute évidence, elle était consciente de l'attirance réciproque qui existait entre eux.

— Daniel est un chef extraordinaire, reprit-elle. Je viens rarement dans cette partie de la ville, mais quand j'ai décidé de rester ce soir, j'ai pensé que vous auriez faim parce que j'avais faim moi-même et...

Elle s'arrêta et prit une profonde inspiration, puis elle afficha un sourire penaud, qu'il ne put s'empêcher de trouver adorable.

— Je raconte n'importe quoi, avoua-t-elle. En fait, oui, je suis nerveuse. Et quand ça m'arrive, je me mets à parler à tort et à travers.

*La voilà enfin*. La femme avec laquelle il avait dansé, qu'il avait suivie dans le parc et qu'il avait embrassée sous la pluie. La femme qui, le jour de son arrivée ici, l'avait engagé dans une joute verbale qui avait immédiatement fouetté son désir.

— Pourquoi êtes-vous nerveuse ?

— Je suis restée après mon heure habituelle de départ sans vous en parler auparavant et je me suis installée dans votre bureau... On pourrait penser que je suis sans gêne ou...

— Non, non, vous avez bien fait, protesta-t-il, ravi en son for intérieur de voir le rose de ses joues virer au cramoisi. Mais que vouliez-vous ajouter ? De quoi craignez-vous qu'on vous soupçonne ?

— Que j'essaie de... vous savez... de vous séduire.

Il rejeta la tête en arrière et éclata de rire.

— Si c'était votre objectif, vous venez de gâcher l'effet de surprise.

Elle mordilla sa lèvre inférieure, mais il vit qu'elle se retenait de sourire tandis qu'elle poussait vers lui une barquette qui exhalait un fumet délicieux.

— Heureusement, ce n'était pas mon plan, dit-elle. Je pensais que vous auriez faim, parce que vous n'avez pas arrêté une minute aujourd'hui.

— Qu'est-ce que c'est ?

— Du poulet mariné aux épices, avec des poivrons et des noix de cajou.

— Ça sent divinement bon.

Elle se détendit.

— Et c'est encore plus divin à manger, assura-t-elle avec un sourire. J'ai aussi commandé des *makawoni au graten* et du *pikliz*. C'est un gratin de macaronis et un condiment de légumes au vinaigre.

Elle disposa les plats sur le bureau et s'assit sur une chaise en face de lui.

— Julie vous a donné votre carte de crédit professionnelle ? demanda-t-il en attaquant les pâtes dégoulinantes de fromage fondu.

— Ma carte ? Pour quoi faire ?

— Pour des achats comme celui-ci.

— Non. Pour déjeuner, elle me commande ce que je veux. C'est moi qui me suis occupée du dîner.

Il s'immobilisa, la fourchette en l'air.

— Vous avez payé le dîner ?

— Oui.

— Je peux demander à Julie...

— Si vous dites « de me rembourser », je renverse ce poulet sur vos genoux, l'interrompit-elle d'un ton sans réplique.

— Ça pourrait être considéré comme une agression, rétorqua-t-il en haussant un sourcil.

Le sourire qu'elle lui adressa n'avait rien de tendre.

— Roué de coups par un poulet ? Allons... Le bonus que vous me donnez me permet largement de payer le dîner. Je sais que vous travaillez souvent tard et je suis admirative. Parce que vous ne demandez rien à vos employés que vous ne feriez vous-même. J'avais faim. Je me doutais que vous auriez faim aussi. C'est ma tournée, profitez-en.

La même sensation de chaleur qui l'avait envahi quand elle avait dit qu'elle voulait qu'ils tiennent les délais se diffusa de nouveau dans ses veines, décuplée.

— Je ne me rappelle pas la dernière fois qu'on m'a invité à dîner. Merci.

Un autre sourire sincère éclaira le visage de sa compagne. Seigneur ! Voilà le sourire qu'il voulait voir le matin quand il arrivait au bureau, et pas cette expression courtoise mais indifférente qu'elle affichait quand elle le croisait.

— Je vous en prie. Vous vous êtes comporté de façon tellement exemplaire depuis que je travaille pour vous, malgré notre... ce qui s'est passé entre nous. Je vous suis reconnaissante de m'avoir permis de rester.

« Reconnaissante ». Le mot faillit lui couper l'appétit. Sa reconnaissance le faisait se sentir encore plus mufle d'entretenir toutes sortes de fantasmes où elle tenait le rôle central. Décidément, ces tête-à-tête mettaient son self-control à rude épreuve ! En rentrant chez lui, il prendrait une longue douche glacée et tout irait mieux.

Et demain, il chercherait une femme, n'importe laquelle, avec qui il passerait le week-end pour oublier celle, sublime, qui était assise pieds nus à son bureau et mangeait des macaronis au fromage.

# 8

Evolet étouffa un bâillement. Il était 20 heures, et ils pouvaient se féliciter d'avoir déjà abattu une quantité considérable de travail. Une fois le dîner expédié, ils avaient chacun attaqué un chapitre du dossier. Ils avaient échangé des idées, discuté les mérites du témoignage d'un client particulier et, peu à peu, la proposition s'était étoffée, devenant l'un des meilleurs projets auquel elle ait collaboré.

À un moment de la soirée, Damon avait ôté sa veste et retroussé les manches de sa chemise. Même si elle n'avait pas pu s'empêcher d'admirer en douce la musculature harmonieuse de ses avant-bras, dans l'ensemble, elle avait réussi à garder une attitude professionnelle. Mais comment lutter quand, au fur et à mesure qu'il se détendait, elle découvrait un homme brillant, à l'esprit incroyablement agile ? Pourquoi ne pouvait-il pas se contenter d'être simplement beau comme un dieu ? se demanda-t-elle, morose, en se levant pour aller près de la fenêtre.

Cessant de se poser des questions vaines, elle contempla les lumières des gratte-ciel scintillant dans le crépuscule rougeoyant. Elle n'avait jamais vu la ville de cette hauteur, et ce spectacle l'émerveilla.

— C'est beau, n'est-ce pas ?

Elle se figea quand elle vit son reflet dans la vitre. Il se tenait à quelques pas derrière elle.

— Je ne sais pas si j'arriverais à travailler avec une vue pareille.

— On finit par s'y habituer.

— Comment ?

— C'est une bonne question...

Elle perçut quelque chose de pesant derrière ces mots, mais elle ne voulait pas briser l'harmonie dans laquelle ils avaient travaillé en posant une question qu'il jugerait sans doute indiscrète. Elle préféra retourner près du fauteuil où elle avait laissé ses chaussures.

— Nous avons bien avancé, fit-elle remarquer.

— Et qu'en est-il de votre violoncelle ? Vous l'apportez avec vous pratiquement tous les jours, et Audrey m'a dit que vous jouiez dans Central Park avant de rentrer chez vous.

— L'audition dont je vous ai parlé... C'est jeudi. Généralement, je descends à la 59e Rue et je vais jouer au parc quand le temps le permet, avant de rentrer à la maison. Ainsi je ne gêne pas mes voisins.

— Et quand il fait mauvais temps ?

— J'utilise la salle qu'une église met à la disposition de l'Apprentice Symphony pour ses répétitions. Mais si je faisais ça aujourd'hui, je ne serais probablement pas rentrée avant 22 heures. De toute façon, je me suis tellement exercée que je pourrais jouer les morceaux en dormant.

— Vous n'étiez pas obligée de rester. Je sais que la musique est très importante pour vous.

L'intérêt sincère qu'elle perçut dans son intonation l'émut profondément.

— Merci. Je suis confiante pour l'audition. Au pire, si j'échoue, il y en aura d'autres.

— Vous n'avez pas l'air de déborder d'enthousiasme.

— Je vous avoue que je suis presque plus enthousiaste à propos de l'audition elle-même que pour l'orchestre. Pourtant, c'est un bon orchestre, et je serai déçue si je ne suis pas prise.

— Mais pas dévastée.

— Non, admit-elle avec un sourire. En revanche, si j'échouais à une audition pour entrer à l'Emerald City Philarmonic, là, je serais dévastée. C'est le premier orchestre professionnel que j'ai vu en concert. Recevoir un mail type « Merci d'avoir postulé » en réponse à l'envoi de mon enregistrement a été un coup dur. Mais je n'abandonnerai pas.

Le sourire sublime qu'il lui adressa la fit fondre.

— Je comprends ce que vous voulez dire. Ce que vous ressentez pour l'Emerald City, je le ressens pour Royal Air.

À cet instant, elle réalisa que ce n'était pas seulement l'indéniable attirance physique entre eux qui rendait l'atmosphère électrique. C'était une camaraderie partagée, la conscience qu'une même passion les animait. Ce constat l'effraya un peu, car elle sentait que les émotions qu'il éveillait en elle la rendaient vulnérable. Elle plaqua un sourire poli sur son visage, destiné à faire comprendre à son compagnon que le moment des confidences était terminé.

— Il se fait tard, dit-elle. Nous avons bien avancé et je veux arriver tôt demain matin pour boucler la proposition.

— Vous voulez répéter ici avant de partir ? Le bureau est très bien isolé, vous ne dérangerez personne. À moins que... À moins que vous ne vouliez pas que je vous entende jouer ?

Il la toisa avec cette même attitude pleine d'assurance qu'il avait eue quand il l'avait mise au défi de travailler pour lui.

— Vous m'avez déjà entendue jouer ! rétorqua-t-elle.

— Dans une salle remplie de monde. Mais si ça vous met mal à l'aise, je n'insiste pas.

Il haussa les épaules d'un air dégagé, mais à son sourire diabolique, elle sut qu'il la défiait de nouveau. Or elle était incapable de résister à un défi concernant la musique.

— Je reviens.

Cinq minutes plus tard, elle était assise, dos à la ville. Elle sentait le regard attentif de Damon posé sur elle alors qu'elle accordait son violoncelle et elle détesta la langueur qui s'insinuait en elle.

Quand elle commença à parcourir les cordes avec l'archet, la vibration se propagea à tout son corps et ses yeux se fermèrent d'eux-mêmes tandis que la musique emplissait la pièce. Profondes et mélancoliques, les notes se mêlèrent pour raconter une histoire d'amour et de mort, de vieillesse et d'adieux. Oubliant où elle se trouvait, elle faisait littéralement corps avec son instrument, et ses émotions imprégnaient sa musique. Le chagrin, l'absence, mais aussi les fugaces instants de pur bonheur que lui avait offerts l'homme assis à quelques pas d'elle.

Le morceau s'épanouit en un crescendo, avant de s'achever sur un tempo plus mélancolique. Elle resta un moment immobile, respirant profondément pendant que son corps se détendait.

Enfin, elle ouvrit les yeux.

Le regard éloquent dont Damon la dévisageait la troubla. Comme ce soir-là, dans la salle de bal, elle sentit ses défenses vaciller.

— Vous jouez merveilleusement.

Plus rauque que d'habitude et encore plus séduisante, sa voix masculine l'enveloppa comme un sortilège.

— Merci.

— Vous interprétez toujours des morceaux tristes ?

— Non, je joue de tout. Je poste régulièrement des vidéos sur les réseaux sociaux et sur mon site Internet. Certaines œuvres sont tristes, d'autres gaies ou drôles.

— Votre solo au gala exprimait une grande tristesse.

— J'étais triste, effectivement, admit-elle après une légère hésitation.

— Pourquoi étiez-vous triste, Evolet ?

S'il n'avait pas dit son nom, elle aurait été capable de lui résister. Mais la douceur avec laquelle il l'avait prononcé eut raison de ses réticences à se confier.

— Constanza vit dans une maison de retraite médicalisée, depuis deux ans. Elle avait passé une mauvaise matinée, le jour du gala. C'est dur de la voir dans cet état.

— Quel état ?

— Elle a Alzheimer. Elle n'est qu'à un stade précoce, mais certaines journées sont pires que d'autres. Ce jour-là, elle n'arrêtait pas de nous réclamer, Samuel et moi. Nous étions les seuls dont elle se souvenait.

— Qui est Samuel ?

— Son fils. Il est son unique enfant biologique. Mais elle en a accueilli plus de cent, ajouta-t-elle avec un sourire mélancolique.

— Et elle vous a adoptée.

— Oui. Elle est la seule mère que j'aie jamais eue. Je suis allée à la maison de retraite et j'ai joué pour elle. Généralement, la musique la calme, dit-elle en tapotant nerveusement sur le corps de l'instrument. Et ça a marché.

Ils se dévisagèrent un long moment dans un silence où affleuraient les émotions.

— Jouez un autre morceau pour moi, déclara-t-il enfin.

D'ordinaire elle aurait refusé, par principe, ce qui ressemblait à un ordre. Mais pour une raison mystérieuse, elle avait envie de jouer pour lui. Constanza était la seule personne au monde à qui elle avait été capable de se confier complètement. Depuis que celle-ci n'était plus que l'ombre d'elle-même, Evolet s'était refermée sur elle-même. Elle refusait d'accorder sa confiance par crainte de voir de nouveau ses espoirs déçus.

Pour elle, jouer était ce qui s'approchait le plus d'une relation. Que Damon ait distingué son solo, qu'il ait perçu les émotions qu'elle exprimait, la touchait profondément. Mais elle préférait ne pas s'attarder sur ce sentiment, ni sur la raison qui la poussait à lui faire confiance.

Elle entama un nouveau morceau, dont la mélodie l'avait toujours fascinée sans qu'elle comprenne pourquoi, et au bout de quelques mesures, elle eut une révélation : c'était un hymne à la passion et au désir. Elle n'avait jamais fait l'amour. Les rares expériences sentimentales qu'elle avait connues l'avaient tellement déçue qu'elle n'avait jamais eu envie de coucher avec un homme. Mais dans l'intimité du bureau de Damon, son violoncelle calé entre ses cuisses, avec le souvenir de leur baiser brûlant sur les lèvres, elle sut enfin exprimer toutes les nuances de la partition. Tout comme elle sut que faire l'amour avec lui serait une expérience totale – impliquant le corps et l'esprit – aussi bouleversante, aussi merveilleuse que le laissait entrevoir cette composition.

Elle soutenait le regard de son compagnon tandis qu'il suivait ses doigts courant le long des cordes, les mouvements rythmés de son buste, et elle découvrit qu'il était possible de connaître une expérience sensuelle sans que votre partenaire ait besoin de vous toucher.

Le morceau fini, elle éprouva une curieuse sensation de frustration. Damon, quant à lui, affichait une attitude nonchalante. Mais elle savait qu'il avait été aussi affecté qu'elle.

Il se leva d'un mouvement souple et il s'approcha d'elle. Puis il prit sa main qui tenait toujours l'archet et la porta à ses lèvres.

— Merci, Evolet.

Ces simples mots la touchèrent au plus profond de son cœur. Avant qu'elle ait pu lui répondre, il s'éloigna.

— Je ne me suis jamais particulièrement intéressé à la musique, reprit-il. Mais j'ai toujours été impressionné par les musiciens et le talent qu'il fallait pour jouer d'un instrument.

La magie se dissipa quand elle comprit qu'il préférait revenir à une conversation anodine.

— Ce n'est pas si difficile. Il suffit de travailler. Je suis persuadée que quiconque s'y intéresse peut devenir un musicien.

— On m'a mis au piano quand j'avais sept ans. C'était tellement catastrophique que mes parents ont renoncé.

Elle entendit le sourire dans sa voix. Cette simple allusion de Damon à son enfance réussit à calmer son irritation et éveilla sa sympathie. Le seul souvenir qu'elle avait de son père était son rire grave et joyeux tandis qu'il la lançait en l'air, un jour d'été. Les images de sa mère étaient tout aussi floues : un visage très pâle, une femme allongée sur un canapé ou sur le parquet, une bouteille vide à côté d'elle.

Mais elle avait cessé depuis longtemps de regretter d'avoir si peu de souvenirs d'eux.

— Laissez-moi vous montrer, s'exclama-t-elle d'un ton enjoué. Je vais vous donner une leçon rapide avant de partir, dit-elle en l'invitant à s'asseoir d'un geste de la main.

— Non.

Elle haussa un sourcil de manière ironique.

— Ah. C'est si catastrophique que ça ?

— Ma mère était une incorrigible optimiste. Mais même elle estimait que c'était une cause perdue.

— Je pense que vous avez la trouille.

Quand elle vit la lueur d'irritation dans le regard de son compagnon, elle fut ravie d'avoir réussi à le déstabiliser comme il la déstabilisait.

— Je n'ai pas peur. Je suis réaliste, c'est tout.

— Pour moi, c'est synonyme de poule mouillée, répliqua-t-elle en se baissant pour prendre son étui à violoncelle. Enfin, ce n'est pas grave, vous auriez sûrement joué comme un pied.

Elle jubila intérieurement quand elle vit qu'il mordait à l'appât. En quelques enjambées, il traversa la pièce, s'assit sur la chaise, les épaules tendues, les mains sur les genoux, comme s'il ne savait pas quoi en faire.

— Je vous accorde cinq minutes pour essayer, dit-il.

Se retenant de rire devant son air buté, elle l'aida à tenir le violoncelle et l'archet, les adaptant à sa taille nettement plus élevée que la sienne.

— Je croyais que vous ne laissiez personne toucher votre violoncelle.

— Je ne laisse personne *porter* mon violoncelle, répliqua-t-elle en enroulant les doigts masculins autour de l'archet. Il y a une grande différence entre autoriser quelqu'un à le trimballer comme un sac de course et apprendre à quelqu'un à le manipuler avec respect. Il m'arrive de donner des leçons dans le parc quand j'ai fini de m'exercer.

— Vous enseignez ?

— N'ayez pas l'air surpris. Je peux être tout à fait patiente et charmante quand je le veux.

Il marmonna quelque chose dans sa barbe.

— Que dites-vous ?

— Rien. Et maintenant, que dois-je faire ?

— Assurez-vous que votre pouce est au milieu... Bien. Vous allez frotter l'archet contre les cordes et utiliser votre coude...

Elle le guida pas à pas. Chaque note qu'il tirait de l'instrument la faisait intérieurement grimacer, même si elle affichait un sourire encourageant.

— C'est bien, dit-elle.

— Menteuse.

— Je sais, je mens très mal, admit-elle en éclatant de rire. Attendez...

Elle se plaça derrière lui et mit sa main sur celle de Damon. La chaleur de sa peau nue la troubla, mais elle poursuivit la leçon.

— Posez l'archet sur la corde *do*. Puis tirez avec votre coude...

Une sonorité chaude emplit l'air pendant une seconde.

— Vous voyez ! Vous y êtes arrivé.

Il jeta un coup d'œil dubitatif par-dessus son épaule.

— C'est moi qui ai produit ça ?

— Mais oui.

Elle réalisa soudain combien leurs lèvres étaient proches. Un léger mouvement, et…

À contrecœur, elle écouta la voix de la raison qui lui intimait l'ordre de s'éloigner.

— Je vais rentrer, dit-elle d'une voix dont elle espérait qu'elle ne trahissait pas son trouble.

Il se leva et rangea avec précaution le violoncelle dans l'étui. Il lui tournait le dos, mais elle fit quelques pas pour échapper à la tentation qu'il représentait. Elle se tenait devant la fenêtre quand, une nouvelle fois, elle vit apparaître son reflet dans la vitre. Elle se grisa de l'odeur épicée de son eau de toilette tandis qu'il s'avançait. Puis elle sentit la chaleur émanant de son corps viril tout contre son dos.

— Mademoiselle Grey…

Sous la caresse de sa voix grave, ses yeux se fermèrent d'eux-mêmes. Il ne pouvait pas ne pas avoir remarqué les réactions qu'il provoquait en elle. Allait-il lui dire de partir ?

— Evolet.

Son pouls s'accéléra quand elle sentit les mains de Damon se poser sur ses épaules, puis il la fit tourner sur elle-même. Il l'enlaça et l'attira contre son torse, qui lui parut dur comme un roc. De son autre main, il caressait sa nuque, remonta jusqu'au ruban qui retenait ses cheveux, qu'il libéra.

— Evolet, murmura-t-il de nouveau. Si tu ne veux pas que…

Avant qu'il ait pu terminer sa phrase, elle se hissa sur la pointe des pieds, noua les bras autour de ses épaules puissantes et l'embrassa. Sous l'effet de la surprise, il se figea une fraction de seconde. Puis elle sentit ses mains enserrer sa tête et, poussant un grognement de capitulation, il prit possession de ses lèvres.

En proie aux sensations délicieuses que son baiser faisait naître en elle, elle ne protesta pas quand il la souleva dans ses bras et l'emporta vers son bureau. Il l'assit sur la table et s'immisça entre ses cuisses avec une assurance qui trahissait la puissance de son désir. Sans cesser de l'embrasser, il défit la fermeture à glissière de sa robe. L'air frais effleura son dos.

— Tu ne portes pas de soutien-gorge ! chuchota-t-il.

Elle fut soudain horriblement gênée.

— Ce n'était pas prémédité, se justifia-t-elle en balbutiant. Mes... Ma poitrine n'est pas très forte et cette robe a un soutien-gorge intégré...

— Tu parles encore à tort et à travers, la coupa-t-il.

Son sourire, à la fois taquin et insouciant, lui fit oublier son embarras, et quand il l'incita à s'allonger sur le bureau, elle s'abandonna entièrement, curieuse et excitée de découvrir ce qui allait suivre. Il fit glisser le haut de sa robe, puis il se pencha vers un sein offert à sa convoitise pour happer un mamelon. Une vague de sensations explosa en elle tandis qu'il taquinait le bourgeon dressé avec sa langue. Voir sa tête sombre au-dessus de ses seins décupla l'effet qu'il produisait sur elle. Elle ne savait pas ce qu'elle voulait exactement, mais elle désirait davantage.

Emportée par le tourbillon de sensualité qu'éveillait la sensation de ses lèvres et de ses mains masculines sur ses seins, puis son ventre, ses caresses fiévreuses, elle retint un cri de frustration quand il s'écarta brusquement.

Elle le contempla, debout, l'air indéchiffrable, et le souvenir de tous les rejets qu'elle avait subis au cours de son existence lui revint de plein fouet, douchant son désir. Son sang se glaça dans ses veines tandis qu'elle réalisait qu'elle était allongée, à moitié nue, sur le bureau de son patron.

Mais il était hors de question de lui laisser voir à quel point il l'avait blessée.

Rassemblant ce qui lui restait de dignité, elle se redressa et enfila le haut de sa robe, puis elle descendit du bureau et prit son étui à violoncelle sans un regard en arrière. Elle enverrait un mail à New York Executives pour les informer que Damon et elle avaient eu un désaccord, et qu'elle devait quitter Bradford

Global. Elle se dirigeait vers la porte, le cœur serré, quand Damon l'appela.

— Evolet.

Elle faillit ne pas s'arrêter, mais la rugosité inhabituelle de sa voix la fit pivoter sur elle-même. Il s'appuyait contre le bord de sa table de travail, une main dans la poche de son pantalon, l'autre pinçant l'arête de son nez. À présent, il avait l'air hagard.

— Je suis désolé. Ça n'a rien à voir avec toi.

Quand il leva les yeux, elle eut un choc en voyant la passion maîtrisée qui luisait dans son regard émeraude, et son cœur se mit à battre à tout rompre.

— Je te désire, Evolet. Et j'ai failli te faire l'amour là, sur ce bureau.

Au lieu de rétorquer : « Pourquoi ne l'as-tu pas fait ? », elle s'éclaircit la gorge et dit :

— J'ai remarqué.

Le rire étouffé qui échappa à Damon ne trahissait aucune gaieté.

— Je suis ton patron, Evolet. Je n'ai jamais embrassé une de mes employées, et encore moins commencé à lui faire l'amour.

— Techniquement, je suis employée par New York Executives.

— N'essaie pas de me trouver des excuses. Je m'en veux terriblement d'avoir profité ainsi de toi.

— C'est drôle, mais j'avais l'impression que nous étions deux dans cette affaire, répliqua-t-elle sans masquer son irritation.

— Quoi qu'il en soit, ça ne se reproduira pas. Je comprendrais parfaitement si tu préférais trouver du travail ailleurs.

— Tu me licencies ? s'exclama-t-elle, interloquée.

— Non ! Je veux seulement t'assurer que, si tu décides de partir, tu auras des références élogieuses sur ton passage à Bradford Global.

Elle s'aperçut qu'elle ne l'écoutait plus qu'à moitié, car l'aveu qu'il avait prononcé tournait en boucle dans sa tête. « Je te désire, Evolet. Et j'ai failli te faire l'amour... »

Une idée commençait à germer dans son esprit. Une idée complètement délirante. Mais plus elle l'examinait, plus elle lui paraissait sensée. Ce n'était toutefois pas une décision à prendre à la légère. Elle allait se laisser le temps de la réflexion, et après une bonne nuit de sommeil, elle savait qu'elle la trouverait parfaite.

— Je n'ai rien fait ici ce soir que je n'avais pas envie de faire, dit-elle. Maintenant, si vous voulez bien m'excuser, je dois rentrer. Je vous reverrai demain matin à 8 heures, monsieur.

Sur cette dernière pique, mesquine mais très gratifiante, elle sortit et referma doucement la porte derrière elle.

# 9

Après une nuit pratiquement sans sommeil, Damon fixait sans le voir l'écran de son ordinateur, ressassant son coup de folie de la veille. Il n'y trouvait que deux explications.

Il était resté trop longtemps sans maîtresse. Ou alors, c'était la faute de ce maudit morceau qu'elle avait joué et qui s'était révélé un puissant aphrodisiaque.

En réalité, il savait que c'était plus compliqué que ça. À quoi bon le nier ? Elle l'obsédait. Et la scène qui s'était déroulée dans ce bureau hier soir n'avait fait qu'exacerber son désir. Ce qui le perturbait davantage, cependant, c'est que cette fascination allait au-delà de l'attirance purement sexuelle. Il aimait sa personnalité. Sur le plan intellectuel, leurs échanges étaient toujours stimulants. Son caractère passionné le captivait, tout comme sa générosité, que lui avaient vantée ses collègues, et qu'il avait lui-même expérimentée quand elle lui avait offert le dîner.

À 8 heures tapantes, une notification sur son ordinateur lui annonça qu'Evolet était arrivée.

Elle comptait probablement lui donner sa démission. Ou porter plainte pour harcèlement. Il le méritait. Il avait indéniablement franchi une ligne rouge, et dans quelques instants, il allait être fixé, puisque la porte s'ouvrit et qu'Evolet entra dans son bureau.

Aujourd'hui, elle portait une blouse à rayures noires et blanches, et une jupe jaune pâle. Une ceinture noire soulignait sa taille mince. Ses cheveux étaient de nouveau coiffés en un chignon strict. Son pouls s'accéléra au souvenir de la caresse soyeuse de sa chevelure contre ses mains pendant qu'il l'embrassait.

— Bonjour, Evolet. Asseyez-vous, je vous prie.

Après lui avoir rendu son salut, elle s'avança avec l'aplomb d'une reine, puis s'installa dans le fauteuil où, quelques heures auparavant, elle avait mangé des macaronis, pieds nus.

— J'ai deux sujets dont je veux vous parler, annonça-t-elle. Le premier concerne la proposition pour Royal Air.

*Ah, le travail*, songea-t-il avec un lâche soulagement. Voilà un terrain où il se sentirait toujours à l'aise. Dès qu'il lui fit signe de commencer, elle se lança, et pendant dix minutes, ils procédèrent à la synthèse des changements qu'ils avaient apportés au dossier la veille et décidèrent ce qu'il restait encore à faire.

— Je pense que la proposition sera prête pour le 13, peut-être même un jour avant, conclut-elle.

— Parfait.

Evolet s'éclaircit la gorge.

— Ce qui m'amène au deuxième sujet...

— Oui ? dit-il, soudain tendu à l'extrême.

Elle croisa posément les mains sur ses genoux, comme pour se donner une contenance, mais quand elle planta son regard déterminé dans le sien, il eut le curieux pressentiment que le sol allait se dérober sous lui.

— J'ai une proposition à vous faire. Je veux que vous soyez mon premier amant.

Voilà, c'était fait. Et maintenant elle devait résister à l'envie de s'enfuir en courant, car le silence et l'expression impassible de Damon la déstabilisaient davantage que s'il s'était indigné de son offre objectivement indécente.

— Votre premier amant ? Ce qui veut dire...

Dieu merci, il réagissait enfin !

— Que je suis une vierge, termina-t-elle avec impatience.

— Je vois.

— Une fois que la proposition Royal Air sera soumise, bien entendu. Cela reste la priorité. Ensuite, nous pourrons...

— Coucher ensemble.

Elle sourit, rassurée qu'il ne rejette pas d'emblée cette possibilité.

— Après, nous reprendrons chacun notre vie. Je resterai chez Bradford Global jusqu'à la fin de mon contrat.

— Tout simplement ?

— Tout simplement.

Tandis qu'une autre minute interminable s'écoulait, elle prit pleinement conscience de l'énormité de sa demande. Quand l'idée lui en était venue, la veille, elle vibrait encore du plaisir qu'il lui avait donné et elle le désirait désespérément. Cette solution lui avait paru le moyen parfait d'assouvir son désir, tout en fixant un cadre à leur liaison, qui n'aurait pas lieu de se poursuivre une fois qu'il l'aurait initiée à l'amour.

Il lui avait avoué qu'il la désirait aussi. Elle avait pensé qu'il ne verrait aucun inconvénient à accepter sa proposition, mais tandis qu'il l'observait avec cette expression indéchiffrable, ses certitudes vacillèrent. Ravalant son humiliation, elle se leva.

— Eh bien, je crois que j'ai ma réponse, dit-elle. Je vais donc vous faire la même offre que vous m'avez faite hier : après ce que je viens de vous dire, si vous pensez que ma présence vous mettra mal à l'aise, je vais prévenir l'agence d'intérim pour...

— Pourquoi maintenant ?

— Quoi ?

— Pourquoi envisagez-vous seulement maintenant de perdre votre virginité ?

— Parce que j'ai rencontré quelqu'un qui m'attire.

— Ça ne vous était jamais arrivé avant ?

— Si, mais pas comme ça, répondit-elle en affichant une

nonchalance qu'elle était loin d'éprouver. Ma franchise vous gêne ? En plein XXIe siècle, une femme devrait pourtant pouvoir faire le premier pas.

— Il y a une différence entre inviter un homme à un rendez-vous, et lui offrir sa virginité.

— Dans ce cas, oubliez que je vous l'ai demandé. Je trouverai quelqu'un d'autre, puisque vous n'êtes pas intéressé.

Elle se dirigeait déjà vers la sortie quand, avec une rapidité impressionnante, il se leva et la rattrapa avant qu'elle l'atteigne. Sous le coup de la surprise, elle recula et se retrouva acculée dos contre la porte.

Seuls quelques centimètres les séparaient. Espace qui se rétrécit encore quand il appuya les mains de chaque côté de sa tête et qu'il inclina son visage vers elle. Il était si proche que son souffle tiède effleurait ses lèvres.

— Je n'ai pas dit non, murmura-t-il.

— Alors… c'est oui ?

— Où se déroulerait cet événement ?

L'image de son minuscule appartement lui traversa l'esprit.

— Euh… Je n'y ai pas encore réfléchi.

— Dans ce cas, c'est moi qui choisirai le lieu.

Les battements de son cœur s'accélérèrent sous le coup de l'excitation.

— Alors, c'est oui ? répéta-t-elle.

— Cela ne vous gêne pas de continuer à travailler pour moi ?

— *Avec* vous, corrigea-t-elle. Comme je vous l'ai dit, pour moi, vous n'êtes pas mon patron.

— Pure question de sémantique, grommela-t-il. Mais je respecte votre interprétation de nos rôles respectifs. Si elle venait à changer, Evolet, dites-le-moi, et j'arrêterai tout.

Émue par cette marque de prévenance, elle posa instinctivement la main sur la joue de son compagnon. Il tourna la tête et déposa un baiser dans sa paume, qui la fit tressaillir de plaisir.

— Pourquoi m'avoir choisi, Evolet ?

Elle se retint de lui répondre par une boutade, comme si ses raisons étaient sans importance, car la vulnérabilité qu'elle surprit brièvement dans le regard de son compagnon, sa volonté sincère de savoir la firent changer d'avis.

— Vous vous rappelez quand nous avons dansé ensemble ?

— Comme si c'était hier.

— Vous m'avez demandé de vous faire confiance... C'était la première fois de ma vie que je confiais en quelque sorte mon corps à quelqu'un. Et vous avez pris soin de moi. J'ai trébuché et vous m'avez empêchée de tomber. Il existe quelque chose entre nous d'intense et de sexuel, ce qui est un bonus. Mais – fondamentalement – j'ai confiance en vous.

Finalement, il fit ce qu'elle rêvait qu'il fasse depuis qu'elle était entrée dans la pièce. Il l'embrassa avec une ferveur passionnée, avant de s'écarter.

— Un baiser pour sceller notre accord, dit-il.

La flamme du désir qu'elle vit danser dans ses yeux verts attisa son propre désir. Mais l'instant suivant, l'homme passionné avait cédé la place au P-DG pragmatique.

— Nous discuterons des détails plus tard, trancha-t-il. Pour le moment, nous avons du travail.

# 10

Evolet était incapable de détacher son regard de sa messagerie.

— Nous l'avons soumise il y a dix minutes seulement.

La note sarcastique dans la voix de Damon lui fit lever la tête. Visiblement amusé, il ajouta :

— Nous n'aurons probablement aucun retour de Bengtsson avant une semaine ou deux.

Elle se laissa retomber sur sa chaise en soufflant.

— Je vous ai dit que j'étais d'un naturel impatient ?

Le regard de son compagnon s'assombrit, puis il se concentra sur son propre ordinateur.

— Je l'avais remarqué.

Ils avaient réussi à envoyer la proposition finale à Royal Air douze heures avant l'heure limite, mais elle était consciente qu'une grande partie de son excitation venait de ce qui allait se passer ensuite. Les jours précédents, il leur était arrivé d'échanger un regard brûlant, ou de se frôler par inadvertance – contact qui faisait immanquablement s'accélérer les battements de son cœur –, mais ils n'avaient plus évoqué le sujet. Plus de flirt, plus de baisers passionnés. De toute façon, où auraient-ils pu trouver le temps quand ils avaient consacré la semaine en réunions avec les équipes pour peaufiner le projet ?

Jamais elle ne s'était autant impliquée. Elle voulait que Bradford Global obtienne le contrat, et pas seulement parce qu'elle avait un faible pour son P-DG. Elle admirait la façon dont Damon dirigeait son entreprise. La qualité des produits qui quittaient ses usines lui importait tout autant que l'épanouissement et la santé de ses employés.

Peut-être que, si l'entreprise qui employait le père d'Evolet avait offert les mêmes conditions de travail, le cours de sa vie aurait été différent.

— Vous êtes bien songeuse.

La voix de Damon, douce et profonde, interrompit le cours de ses réflexions. Elle s'étonnait toujours de constater qu'un homme qu'elle connaissait depuis moins d'un mois soit aussi en phase avec ses émotions. C'était sans doute dû au fait que, une fois leur marché conclu, elle n'avait pas pu faire autrement que de baisser la garde avec lui. Elle ne soupesait plus chaque parole avant de parler. Elle s'autorisait à être détendue, à rire quand les gens plaisantaient, et elle ne tenait plus ses collègues à distance.

Même Constanza avait remarqué, lors de sa dernière visite, qu'elle avait l'air plus heureuse.

Seule ombre au tableau, l'audition s'était terminée par un gentil message de remerciement et une invitation à renouveler sa candidature dans quelque temps. Cet échec avait ébranlé sa confiance en elle. La seule explication qu'elle put trouver était que New York regorgeait de musiciens talentueux et qu'il y avait beaucoup d'appelés, mais peu d'élus. Elle songea à tout laisser tomber mais, après une soirée passée à s'apitoyer sur son sort devant une vieille comédie musicale à la télé, elle était retournée au parc le dimanche et s'était remise à jouer.

Elle se sentait désormais l'esprit plus léger. Elle était capable de nouer des amitiés, de sortir avec ses collègues de travail, de finalement envisager une relation physique avec un homme qui l'attirait irrésistiblement.

Mais offrir son corps lui paraissait moins dangereux

qu'ouvrir son cœur. La facilité avec laquelle elle se confiait à lui était un signe très alarmant, mais cela lui venait de plus en plus naturellement.

— J'étais en train de penser à la façon dont vous dirigez votre entreprise, répondit-elle. Vous parvenez à faire preuve de considération et d'autorité en même temps.

— Pourquoi cette pensée vous rend-elle triste ?

— Ça ne me rend pas triste, dit-elle, sur la défensive.

— Alors c'est autre chose.

Elle soutint son regard. L'intérêt sincère et la sympathie qu'elle y lut la poussèrent à lui répondre, au risque d'exposer sa vulnérabilité. Mais risquait-elle nécessairement de souffrir ? Si elle avait soumis cette proposition insensée à Damon, n'était-ce pas en partie parce que ce qu'elle éprouvait pour lui dépassait la simple attirance physique ? Et qu'elle lui faisait confiance ?

— Je pensais à mon père, dit-elle en fixant sa tasse où infusait un sachet de thé. Il était électricien. Il gagnait bien sa vie, mais quand les affaires ralentissaient, ça pouvait être serré. L'entreprise pour laquelle il travaillait se préoccupait davantage de voir le travail fait que de ses employés. Un jour où il avait une intervention en extérieur, dans le froid, il est tombé malade. Il a attendu trop longtemps pour aller à l'hôpital, parce que son employeur ne fournissait pas d'assurance maladie à ses salariés. Il n'a pas survécu.

Elle leva les yeux sur Damon.

— Vous êtes vraiment différent.

Il resta un long moment silencieux, comme s'il ignorait comment il devait comprendre cette confidence.

— C'est comme ça que vous avez fini en famille d'accueil ?

— J'ai fini en famille d'accueil parce que ma mère biologique préférait boire et se gaver de médicaments plutôt que de s'occuper de moi. On m'a dit qu'elle était une bonne mère, avant que mon père meure. Je n'avais que cinq ans quand j'ai été confiée à l'assistance publique et j'ai très peu de souvenirs de l'époque qui a précédé.

Il se leva et vint s'asseoir dans le fauteuil en face du sien. Puis il se pencha, lui ôta le sachet de thé de la main et le jeta dans la poubelle à côté de la table basse.

Curieusement, ce geste attentionné lui parut plus intime que quand il l'avait embrassée, à moitié nue sur son bureau.

— Tout va bien maintenant, dit-elle avec un sourire forcé tout en essayant de reculer son fauteuil. C'était il y a longtemps.

— Ça n'efface pas la douleur.

Elle laissa échapper un soupir. Quand elle s'était confiée aux assistantes sociales, ou à ses familles d'accueil, tout le monde l'avait toujours poussée à aller de l'avant, à penser aux choses qu'elle ferait. Jamais on ne lui avait conseillé d'exprimer son chagrin, de parler de ce qu'elle avait perdu.

— Non, effectivement, acquiesça-t-elle. Le temps diminue seulement l'intensité de la douleur. Il se passe parfois des semaines, voire des mois, où je ne pense pas à eux. Puis il y a des jours comme aujourd'hui où une réflexion, une pensée insignifiante, réveille les souvenirs, et là ça fait très mal.

Il tendit lentement la main, qu'il posa sur la sienne. Cette fois, la sensation de chaleur qui se diffusa en elle n'avait rien de sensuel. Non, elle avait l'impression d'être… écoutée. Respectée.

— Il paraît que le chagrin se manifeste par vagues, dit-il d'une voix apaisante. Il commence comme un tsunami, et vous pensez que vous ne lui échapperez jamais. Puis avec le temps, ce ne sont plus que des vaguelettes. Mais des souvenirs peuvent toujours surgir et vous faire perdre pied. Ce n'est pas grave.

Elle posa son autre main sur celle de Damon, et la vue de leurs mains l'une sur l'autre la réconforta.

— Cette théorie me plaît, dit-elle. J'ai aussi entendu que, parfois, nous nous accrochons à notre chagrin parce que nous avons trop peur de ce que nous serions sans lui.

Il la dévisagea avec une expression indéchiffrable, et elle crut qu'il allait mettre un terme à cette conversation. Était-elle allée trop loin ? Elle retrouvait tellement d'elle-même en Damon, notamment cette réserve sous laquelle il se protégeait. Elle aurait voulu qu'il lui fasse confiance comme elle-même lui faisait confiance. Damon soutint son regard pendant un long moment, puis un petit sourire mi-figue mi-raisin étira ses lèvres.

— C'est possible.

Il pressa gentiment sa main, puis il se leva et retourna à sa table de travail.

Congédiée ! De toute évidence, contrairement à elle, il n'avait aucune envie d'ouvrir son cœur. Mais après tout, pourquoi le ferait-il ? Elle n'était pas sa petite amie.

Elle s'excusa d'une voix posée et retourna dans son bureau.

Elle connaissait quelques éléments du passé de Damon. Une plaque très sobre dans le hall rappelait qu'un conducteur ivre avait tué David et Helen Bradford alors que leur fils était en dernière année à l'université. Evolet n'avait pas eu le courage de faire des recherches plus approfondies sur Internet. Elle aurait eu l'impression de s'immiscer dans son intimité, ce que Damon aurait détesté.

Le fait qu'il refuse d'évoquer un sujet qui lui tenait à cœur constituait un rappel salutaire pour elle. Elle ne devait jamais oublier la nature exacte de leur relation.

Forte de cette résolution, elle arrêta de se tourmenter et elle commença à répondre aux mails qui s'étaient accumulés. Ses doigts la démangeaient de jouer un morceau ou deux pour calmer l'humeur morose qui s'était abattue sur elle. Mais la musique attendrait.

# 11

Après deux heures passées à ruminer sa mauvaise conscience, Damon décida d'aller voir Evolet dans son bureau. Il lui devait une explication. Une fois encore, il l'avait encouragée à se confier à lui, mais il avait refusé de lui rendre la pareille.

Il s'était comporté de façon injuste, mais la blessure causée par la mort de ses parents ne s'était toujours pas complètement cicatrisée. Au point qu'il évitait soigneusement de regarder la plaque posée dans le hall à leur mémoire.

Rassuré par le sourire bienveillant avec lequel elle l'accueillit, il dit :

— Je ne parle jamais de mes parents.

Elle se tourna complètement vers lui et le fixa de ses magnifiques yeux dorés.

— Je ne vous le demanderai jamais. Je m'en tiendrai à notre arrangement, Damon, et je...

— C'est un cliché de dire que c'est à cause de moi, pas de vous, mais c'est la vérité. Parler d'eux... m'est trop douloureux. Ça réveille la période très sombre que j'ai vécue après leur mort.

Il n'ajouta pas que sa peine avait été à la hauteur de l'affection qu'il leur portait. Ni qu'il s'était juré de ne plus jamais aimer, par refus de revivre une souffrance aussi déchirante.

Evolet parut comprendre combien ce maigre aveu lui avait coûté, car son expression s'adoucit.

— Vous deviez les aimer beaucoup.

— Je les aime toujours.

Elle se leva et, avant qu'il puisse prévoir son geste, elle lui prit la main, comme il l'avait fait dans son bureau. La vue de ses doigts féminins, tellement plus fins que les siens, pâles et élégants contre sa peau hâlée, l'émut sans qu'il sache pourquoi.

— Je comprends.

Par la magie de ces deux mots, elle lui pardonnait sa brusquerie et sa réticence à se confier. Il se sentit soudain très humble.

— Des nouvelles ? demanda-t-il en désignant son ordinateur.

La tension retomba complètement, et elle retourna à son bureau.

— Non, grommela-t-elle d'un air faussement contrit, avant d'éclater de rire. Vous aussi, vous surveillez vos mails, n'est-ce pas ?

— Je suis comme un gamin à Noël, admit-il en souriant. J'attends l'arrivée de mon cadeau. Et il n'est que 10 heures !

Evolet poussa un soupir à fendre l'âme.

— Comment vais-je survivre au week-end ?

Il crut un bref instant qu'elle avait oublié que l'envoi de la proposition à Royal Air était la condition qu'elle avait fixée pour passer à l'étape suivante de leur arrangement. Damon, lui, n'avait pas cessé d'y penser. Mais leurs regards s'accrochèrent. Il eut la confirmation qu'elle non plus n'avait pas oublié et, aussitôt, son imagination battit la campagne. Un monde de possibilités s'ouvrait devant lui, chacune plus sensuelle et plus tentante que la précédente.

L'offre avait été soumise. Ils étaient convenus qu'Evolet travaillerait dans un autre département dès lundi. Rien ne l'empêchait plus de remplir sa part du contrat.

— Allons-y.

— Où ? demanda-t-elle, les yeux écarquillés par la surprise.

— Nous sommes vendredi, répondit-il en s'approchant du bureau. Bengtsson mettra au moins une semaine à éplucher la proposition, peut-être deux. Au cas où il serait plus rapide, j'ai mon téléphone.

— Mais vous êtes le P-DG… Et s'il arrive quelque chose ?

— J'ai prévenu Julie que je serais absent, mais joignable par téléphone. Je l'ai aussi prévenue que je vous avais donné la journée pour vous remercier de tout le travail que vous avez accompli. Rien ne s'oppose plus à ce que je vous emmène faire l'école buissonnière.

Elle fixa la main qu'il lui tendait et il vit sa poitrine se soulever au rythme de sa respiration sous sa blouse de soie blanche. Une soudaine inquiétude le gagna. Avait-elle changé d'avis ? Mais son hésitation ne dura qu'une fraction de seconde, et elle prit finalement sa main en lui adressant un sourire qui lui causa une émotion dont l'intensité le prit au dépourvu.

— OK, dit-elle.

Quinze minutes plus tard, ils sortaient du parking souterrain, Damon au volant de son antique Aston Martin argentée dont le coffre contenait le violoncelle d'Evolet.

— Vous rêviez d'être un espion quand vous étiez enfant ? demanda Evolet tandis qu'il s'engageait dans le flot de la circulation new-yorkaise.

— Pourquoi parlez-vous au passé ?

Arrêté à un carrefour, il se délecta de son rire joyeux qui faisait se plisser ses yeux. Perdu dans sa contemplation, il fut rappelé à la réalité par le concert de klaxons qui se déchaîna derrière lui quand le feu passa au vert.

Il avait rarement été aussi détendu et le simple fait de savourer l'instant présent, le plaisir de quitter le bureau de bonne heure, lui fit baisser la garde. La sensation du cuir frais du volant sous ses doigts raviva un souvenir ancien. La première fois où son père l'avait laissé conduire l'Aston Martin. Il avait augmenté le volume de l'autoradio, qui jouait le thème iconique de son film d'espionnage favori.

— C'était la voiture de mon père.

Il avait prononcé ces mots sans réfléchir et, aussitôt qu'ils eurent franchi ses lèvres, il se prémunit contre la chape de plomb qui allait inévitablement s'abattre sur lui au milieu de cette journée magnifique.

Mais rien ne se produisit, si ce n'est une douce nostalgie d'une des époques les plus heureuses de sa vie.

— Votre père avait très bon goût.

Cette remarque toute simple, qui n'appelait aucun commentaire, l'aida à se détendre encore davantage. Evolet ne pouvait pas se douter du pas immense qu'il venait de franchir avec cette simple remarque, mais contre toute attente le fait d'avoir évoqué son père lui avait fait du bien. Et c'est d'un ton enjoué qu'il demanda :

— Où voulez-vous aller ?

Il sentit la confusion dans le regard qu'elle lui jeta. Comme si elle s'imaginait qu'il allait l'emmener dans un hôtel, coucher avec elle, puis disparaître.

Or, ce n'était pas son intention. Certes, il mourait d'envie de lui ôter cette blouse si sage, de faire glisser sa jupe le long de ses jambes fabuleuses, et de donner vie à tous les fantasmes érotiques qu'elle éveillait en lui. Mais quand il songeait à la vie quasi monacale qu'elle menait – entre sa musique et les visites à sa mère adoptive –, il se disait qu'elle méritait une journée consacrée entièrement à elle.

— Y a-t-il un endroit à New York où vous n'avez jamais été et où vous aimeriez aller ?

— L'Empire State Building, répondit-elle avec un sourire timide qui le fit fondre.

Une demi-heure plus tard, ils étaient dans l'ascenseur menant au sommet du célèbre gratte-ciel.

Quand ils arrivèrent sur la terrasse d'observation, la joie qu'exprimait le visage d'Evolet emplit son cœur d'un bonheur tel qu'il n'en avait plus éprouvé depuis très longtemps. Ils glissèrent des pièces dans les jumelles et firent le tour de la terrasse au moins quatre fois.

— C'était fantastique ! s'exclama-t-elle, ravie, quand ils retournèrent au garage de la 34e Rue. Je suis impatiente de raconter ça à Constanza.

— Où vit-elle ?

Il s'en voulut d'avoir posé la question quand il la vit pâlir.

— Dans une maison de retraite spécialisée dans les troubles de la mémoire, de l'autre côté du fleuve. C'est l'une des meilleures de la région.

— Ça doit être hors de prix.

— Le fils de Constanza, Samuel, qui a dix ans de plus que moi, est soudeur. Il paye plus de la moitié. Je contribue à hauteur de mes moyens.

L'estime qu'il portait à Evolet était déjà très haute. Maintenant, elle atteignait la stratosphère. Chaque nouvelle facette de sa personnalité qu'il découvrait la lui rendait plus attachante. Et il avait du mal à détacher son regard de son délicieux visage caressé par le soleil.

Il l'entraîna dans un bistro français sans prétention, un peu à l'écart d'Union Square, pour un déjeuner tardif. Après un repas exquis, ils se partagèrent une poire Belle Hélène pour le dessert. Elle insista pour régler le pourboire, puis il l'emmena au musée de la Morgan Library. Là, il prit plaisir à la voir s'émerveiller devant la bibliothèque d'inspiration Renaissance italienne, avec ses manuscrits précieux.

L'après-midi touchait à sa fin quand ils approchèrent du One57, immeuble dont la façade de verre reflétait les rayons roses du soleil couchant, qui abritait un hôtel et des appartements luxueux, dont celui de Damon.

— J'aimerais vous emmener dans un dernier endroit.

Evolet rit doucement.

— Encore ? J'ai l'impression d'avoir plus vécu en un jour que dans toute ma vie.

Son enthousiasme lui fit chaud au cœur. Un simple dîner avec n'importe laquelle de ses conquêtes passées lui aurait coûté plus cher que toute cette journée, et jamais celles-ci n'avaient montré autant de joie. Et jamais il ne s'était autant amusé lui-même.

— Venez chez moi.

Il s'était arrêté au bord du trottoir et il sentit que sa proposition l'avait désarçonnée. Quand elle se tourna vers lui, cependant, sa voix était d'un calme remarquable.

— Chez vous ?

— Oui.

Alors il céda à la tentation qui l'avait rongé tout au long de la journée. Il prit le visage d'Evolet en coupe entre ses mains. Autour d'eux, les motos et les voitures vrombissaient ; sur le trottoir, un saxophoniste jouait. New York vibrait de toute son énergie mais, à l'intérieur de l'Aston Martin, seule existait Evolet. Evolet et ses yeux magnifiques dans lesquels il aurait voulu se noyer.

— Ça me plairait beaucoup, dit-elle finalement.

Seigneur ! Comme il aimait l'entendre assumer qu'elle avait envie de lui. Une vague de désir le submergea et il s'inclina vers elle. Leurs bouches s'unirent en un baiser passionné.

Il s'interrompit à contrecœur pour redémarrer la voiture. Tandis qu'ils approchaient de son immeuble, il frémissait d'impatience d'assouvir enfin le désir qui le tourmentait depuis qu'elle l'avait ensorcelé avec son solo, le soir du gala.

Et il écarta résolument le sentiment lancinant que, sous cet appétit charnel, se cachaient des émotions plus troublantes.

# 12

Incapable de masquer son admiration, Evolet tournoya sur elle-même. Trois des murs du salon de Damon étaient des baies vitrées, offrant une vue panoramique sublime sur Midtown et Central Park. La pièce n'en dégageait pas moins la même chaleureuse atmosphère de vieille bibliothèque que les bureaux de Bradford Global, contrebalancée par des touches de modernité. La cuisine ouvrait sur une vaste terrasse ornée de plantes en pots, à l'extrémité de laquelle elle aperçut même une piscine.

— Pincez-moi ! Je dois être en train de rêver. À côté de mon petit trois pièces sans ascenseur à East Harlem, c'est… complètement irréel.

Elle devina la présence toute proche de Damon derrière elle en sentant la chaleur qui émanait de son corps masculin.

— Je suis heureux que ça vous plaise.

Sa voix grave s'insinua dans ses veines comme du miel fondu. À quoi bon faire semblant d'ignorer pourquoi elle était ici ? D'autant qu'elle était impatiente de se donner à lui. Elle s'appuya contre son torse puissant en poussant un soupir de satisfaction. Lentement, il la fit pivoter, inclina la tête et posa les lèvres sur les siennes. Contrastant avec l'étreinte vigoureuse de ses bras masculins, la douceur de ce long baiser langoureux la bouleversa.

Aussi enchanteur ce baiser fût-il, cependant, un doute l'assaillit au moment de se lancer dans l'inconnu. Et si elle le décevait ? Si l'assouvissement n'était pas à la hauteur de l'attirance incroyable qui les poussait l'un vers l'autre ?

Cet instant de flottement n'échappa pas à son compagnon, car il s'écarta légèrement.

— Je te veux, Evolet, dit-il d'une voix vibrante de passion. Mais je ne te demanderai rien que tu ne sois pas prête à me donner. C'est toi qui décides. Cela restera toujours ton choix.

Au frémissement de son corps tendu de désir, elle devina qu'il faisait des efforts surhumains pour se maîtriser, et cet ascendant qu'il parvenait à exercer sur lui-même, ce choix qu'il lui laissait balayèrent ses dernières hésitations.

— Je suis prête.

Son cœur battait d'anticipation quand il la souleva dans ses bras pour l'emporter dans sa chambre. Elle eut le temps de voir des murs bleu marine et un vaste lit, avant qu'il la pose par terre. Après avoir allumé une lampe de chevet, il revint vers elle et entreprit de la déshabiller. En un clin d'œil, il lui ôta sa blouse, puis son soutien-gorge.

— Ce n'est pas la première fois que tu fais ça, le taquina-t-elle pour masquer sa nervosité.

— Effectivement, répondit-il en couvant sa poitrine nue d'un regard enchanté. Mais ceci...

Une douce chaleur se propagea en elle quand il commença à caresser ses seins sans cesser de la contempler.

— Evolet, tu es magnifique.

Puis il s'inclina vers elle et happa un mamelon qu'il tortura savamment avec la langue. Elle s'abandonna au nouveau flot de sensations incroyables qu'il éveillait en elle. Ce n'est que lorsqu'elle sentit l'air frais contre ses jambes nues qu'elle réalisa qu'il avait déboutonné sa jupe. Elle baissa les yeux et fut prise d'un accès de pudeur quand elle s'aperçut qu'elle ne portait plus que sa culotte couleur chair. Mais sa timidité s'évanouit au moment où elle vit le regard subjugué de Damon.

— Sublime..., murmura-t-il en se laissant tomber à genoux devant elle.

Puis il embrassa la chair ultra-sensible au-dessus du tissu, avant de descendre vers le cœur de sa féminité. En proie à une fièvre sensuelle, elle tenait à peine sur ses jambes quand il la souleva de nouveau pour la déposer sur le lit. La couvant d'un regard avide, il murmura d'une voix rauque :

— Je veux te voir nue.

Vibrante de désir, elle souleva les hanches pour lui permettre d'ôter sa culotte. Galvanisée par la flamme qui dansait dans les prunelles de son compagnon, elle sentit grandir en elle une faim telle qu'elle n'en avait jamais connue.

Les gestes empreints de fébrilité, Damon se déshabilla à son tour. Elle put enfin se délecter de la vision de son corps athlétique dans la splendeur de sa nudité.

Il s'assit au bord du lit et, avec l'index, effleura ses seins, son ventre puis ses cuisses d'une caresse dont la légèreté contrastait avec la chaleur qui se propagea en elle.

— Damon... je t'en prie...

Comme s'il n'avait attendu que cette prière, il s'allongea sur elle. Cette fois, quand il l'embrassa, ses sensations furent décuplées par le contact de leurs peaux nues. Avec une lenteur ensorcelante, il entreprit d'explorer son corps avec ses lèvres, attisant un désir dont la force devenait presque oppressante. Persuadée qu'elle n'atteindrait pas un plaisir plus exquis que lorsqu'il plaqua la bouche dans le creux de ses cuisses, elle voulut protester quand il vint de nouveau s'emparer de ses lèvres. Mais avant qu'elle ait pu prononcer un mot, il murmura entre deux baisers :

— Je veux être en toi, la première fois que tu jouiras.

Il s'écarta une fois encore et il roula sur le côté. Puis il sortit un préservatif du tiroir de la table de chevet. Elle le regarda alors qu'il l'enfilait, fascinée par son sexe fièrement dressé. Elle voulut le caresser, mais il intercepta sa main, qu'il plaqua au-dessus de sa tête tandis qu'il s'allongeait de nouveau sur elle.

— Je ne vais pas gâcher ta première fois parce que j'aurai été incapable de me maîtriser.

— C'est moi qui te mets dans cet état ? demanda-t-elle, incrédule.

Grisée par ce pouvoir qu'elle détenait presque à son insu, elle ne put s'empêcher de glisser sa main libre entre leurs deux corps. Il émit un gémissement sourd, intercepta sa main exploratrice et la maintint fermement au-dessus de sa tête.

— Sorcière !

Son sourire s'évanouit quand elle vit la passion sauvage qui brûlait dans le regard de son compagnon.

— Damon... Fais-moi l'amour, murmura-t-elle en écartant instinctivement les jambes.

Il laissa échapper un grognement de satisfaction quand son membre viril entra en contact avec le cœur palpitant de sa féminité. En l'accueillant en elle, elle ressentit une douleur qui lui arracha un petit cri. Il s'immobilisa et parsema de baisers légers ses paupières et l'arête de son nez, tout en chuchotant des paroles rassurantes.

Elle se détendit, et son corps accepta sa présence virile. Il se mit à se mouvoir en un langoureux va-et-vient et, comme quand ils avaient dansé ensemble, elle accorda ses mouvements au rythme de son amant. Un picotement délicieux naquit bientôt dans le creux de ses cuisses, se propagea dans toutes les fibres de son corps. L'intensité des sensations qui l'assaillirent la prit complètement au dépourvu et, dans un état proche de la panique, elle se figea.

— Damon... Damon... Je ne peux pas...

Il plongea son regard brûlant dans le sien et murmura :

— Laisse-toi aller, Evolet. Pour moi.

Ne cherchant plus à lutter contre cette douceur presque insupportable qui l'irradiait, elle s'abandonna complètement, et les vagues du plaisir qui la submergèrent culminèrent dans un orgasme dévastateur. L'extase lui arracha un cri de joie et elle noua les jambes autour des reins de son amant pour savourer pleinement l'union de leurs deux corps. Il la rejoignit sur les sommets de l'extase, psalmodiant son nom, le corps secoué par un grand frisson.

Tandis qu'ils restaient enlacés, pantelants et le cœur battant à tout rompre, elle songea que cette tendre étreinte était presque plus intime que ce qu'ils venaient de partager.

Malgré son inexpérience, elle devinait que l'intensité du plaisir qu'elle avait ressenti était exceptionnelle et que celle-ci venait de ce qu'elle avait laissé libre cours aux émotions que d'ordinaire elle muselait. Elle s'était livrée à Damon corps et âme, sans se soucier de se protéger.

Préférant oublier qu'il n'était son amant que pour cette nuit, elle ferma les yeux et sombra dans le sommeil.

Quand Evolet entra dans la cuisine, les cheveux en désordre et le regard ensommeillé, la vue de la jeune femme vêtue d'un de ses T-shirts trop grand pour elle, de ses magnifiques jambes nues, éveilla un surprenant sentiment de possessivité en lui.

Deux jours s'étaient écoulés depuis qu'ils avaient fait l'amour pour la première fois. Il n'avait pourtant pas prévu, au départ, de l'inviter à rester pour le week-end. Mais quand ils s'étaient réveillés à minuit, dans les bras l'un de l'autre, ce premier soir, et qu'elle lui avait souri en chuchotant « Merci », il avait brusquement eu envie de prolonger la nuit au-delà de ce que prévoyait leur arrangement. Il l'avait entraînée dans la salle de bains, sous la douche, où il l'avait débarrassée des traces qu'avait laissées sur elle sa première nuit d'amour avec une tendresse qui l'avait lui-même surpris.

Il ne s'était pas attendu à ce que ce moment ensemble soit aussi intense. Il n'avait jamais éprouvé un plaisir aussi fulgurant, et Evolet avait éveillé en lui un instinct de protection qu'aucune maîtresse ne lui avait jamais inspiré.

Mais quand elle était sortie de la douche, l'eau ruisselant sur son corps merveilleux, qu'elle s'était plaquée contre lui et qu'elle avait caressé son sexe, plus rien n'avait existé que le besoin primitif de la posséder. Ils étaient retournés dans sa chambre. Dans un ultime sursaut de lucidité, il avait seulement eu le temps de mettre un préservatif, avant de lui faire de nouveau l'amour.

Il avait pourtant connu des aventures très satisfaisantes sur le plan sexuel, mais jamais une femme n'avait réussi à briser sa carapace, à l'émouvoir aussi profondément, ni à éveiller en lui ce merveilleux sentiment de complicité.

Samedi matin, en se réveillant, ils avaient pris le petit déjeuner au lit. Il avait fait livrer un maillot de bain pour qu'elle puisse se baigner dans la piscine chauffée que lui-même utilisait rarement. Ses motivations n'avaient pas été purement altruistes. La vue de son superbe corps féminin fendant l'eau lui avait provoqué une érection telle qu'il l'avait ramenée à l'intérieur pour lui faire l'amour sur le canapé. Le soir, quand elle s'était endormie sur son épaule alors qu'ils regardaient un film, il l'avait portée dans son lit.

Mais à l'aube du deuxième jour, il s'était souvenu que leur arrangement ne prévoyait pas de s'installer dans la routine d'une vie de couple.

— Bonjour, dit-il d'un ton détaché.

Le sourire qu'elle lui adressa – un peu endormi et avec une pointe de timidité – fit vaciller ses résolutions. Elle contourna le comptoir, se hissa sur la pointe des pieds et déposa un baiser sur sa joue rugueuse. Il capitula irrémédiablement.

— Bonjour, répondit-elle d'une voix voilée qui lui procura un frisson sans équivoque.

— Tu as bien dormi ?

— Mis à part que j'ai été réveillée vers minuit, oui.

Elle appuya sa remarque taquine d'un coup de hanche, avant de se diriger vers la machine à café.

Le souvenir de l'étreinte passionnée, presque brutale, qu'elle évoquait lui revint à l'esprit. Il avait perdu le compte du nombre de fois où ils avaient fait l'amour, mais il n'était pas rassasié. Le serait-il un jour ? Il préféra écarter cette question inquiétante.

— Tu as faim ? J'ai préparé le petit déjeuner. Œufs, bacon et pancakes.

Alors qu'il retournait le dernier pancake, elle s'approcha de lui et l'enlaça par-derrière. Oubliant ses préoccupations quant à l'évolution de leur relation, il savoura le contact tiède et doux de son corps contre son dos.

— Merci, murmura-t-elle en posant la joue sur son épaule.

Il reposa la spatule et se tourna, l'enlaça et se grisa de son parfum délicieux.

— Pour quoi ?

Elle désigna la cuisinière et il vit la lueur suspecte qui faisait briller ses yeux.

— Pour le petit déjeuner. Pour... tout.

Elle fit mine de s'écarter, mais il resserra son étreinte.

— Qu'est-ce qui t'arrive ?

Elle déglutit péniblement, sans cesser de fixer obstinément les assiettes débordant de nourriture.

— Avant, c'était Constanza qui me préparait le petit déjeuner, dit-elle en esquissant un faible sourire qui n'atteignit pas ses yeux. Pour le premier que j'ai pris chez elle, elle avait cuisiné une spécialité haïtienne : des tourtes au maïs garnies de bœuf épicé et d'épinards. C'était l'un des plats les plus délicieux que j'aie jamais mangé. Et elle l'avait préparé pour moi. Rien que pour moi.

Elle leva enfin les yeux vers lui, et le mélange de tristesse et de nostalgie qui faisait briller son regard le bouleversa.

— Je suis désolée. Je deviens émotive. On dirait que le sexe et le petit déjeuner me font pleurer, déclara-t-elle en essuyant une larme qui avait coulé sur sa joue.

Il prit son menton en étau entre ses doigts pour l'obliger à soutenir son regard.

— Ne t'excuse pas de ressentir des émotions. À ta voix, j'entends que Constanza représente énormément pour toi. Ne renie pas les bons souvenirs que tu as d'elle, ou ce qui reste entre vous, même si c'est différent maintenant.

— Merci, dit-elle.

Elle baissa les yeux et prit une profonde inspiration, comme pour s'insuffler du courage, puis elle le regarda.

— Ce conseil ne s'applique-t-il pas aussi à toi ?

Voyant qu'il se raidissait, elle ajouta précipitamment :

— Désolée...

— Tu as toujours Constanza. Moi, je n'ai plus personne.

Elle l'étudia pendant un long moment, avant de murmurer : « OK », et elle commença à s'écarter.

Voulant effacer la tension qui régnait soudain entre eux, il la retint une dernière fois et posa un baiser aérien sur son front.

Ils déjeunèrent sur le balcon. La tiédeur du soleil matinal acheva de détendre l'atmosphère.

— Je vais rentrer chez moi après le petit déjeuner.

Elle avait parlé d'un ton nonchalant, et il fut soulagé de constater qu'elle se montrait raisonnable pour deux.

— Je peux te raccompagner en voiture.

— Non, merci. J'aime prendre le métro.

— Tu *aimes* le métro ? répéta-t-il, incrédule.

— Oui ! Je suppose que c'est en partie par nostalgie, parce que c'est le lieu où est née ma vocation musicale, mais aussi...

Elle s'interrompit, comme si elle craignait de trop en dire.

— Mais aussi... ? l'encouragea-t-il.

Le sourire qu'elle lui dédia réchauffa son corps.

— Ce n'est pas facile de rester sur la réserve avec toi, protesta-t-elle. Tu sais vraiment bien écouter.

— J'aime t'écouter parler.

Et c'était vrai. Il appréciait sa vivacité, son courage et son honnêteté.

— Je suis pourtant très douée pour rester sur la réserve. Mais dans le métro... Tout le monde est centré sur soi, mais en même temps chacun dévoile un peu de lui-même, avec des petites scènes de vie. Ça me donne l'impression de faire partie d'un tout.

— Tu as envie de faire partie d'un tout ?

— Je crois que... oui, même si ce n'était pas le cas avant, dit-elle en haussant les épaules. Peut-être que je me fais vieille.

Cette fois, il éclata de rire.

— Seigneur, préservez-moi des femmes de vingt-cinq ans qui pensent qu'elles sont vieilles !

Charmé par le rire insouciant de sa compagne, il céda à une impulsion qui le surprit lui-même

— Que dirais-tu de prolonger notre arrangement ?

Elle reprit immédiatement son sérieux.

— Quoi ?

— J'aimerais te revoir. Je ne te propose pas une relation à proprement parler. Je sais que cela ne t'intéresse pas plus que moi. Mais je voudrais te revoir, passer du temps avec toi...

Il laissa errer son regard sur ses jambes, puis il lui adressa un sourire malicieux.

— Au lit, et en dehors, conclut-il.

— Pendant combien de temps ? demanda-t-elle.

Il réfléchit sérieusement. Encore émerveillé par leur bonne

entente physique et leur complicité, il aurait aimé rester dans le flou, mais la voix de la prudence, ou de la raison, lui conseillait de fixer une date limite à cette relation, quelle que soit sa nature.

— Jusqu'à la fin de ton contrat chez Bradford Global, lança-t-il.

C'est-à-dire un peu plus d'un mois. Assez pour en profiter, mais pas suffisamment pour s'attacher. Les secondes s'écoulèrent une à une. Finalement, elle lui sourit.

— D'accord, ça me convient.

Il réussit à masquer le soulagement que lui causa sa réponse.

— Parfait ! Avais-tu prévu quelque chose aujourd'hui ?

— Je dois travailler mon violoncelle tout à l'heure, mais c'est tout.

— Merveilleux !

Il se leva, lui ôta la fourchette de la main. Après l'avoir saisie par la taille, il la hissa sur son épaule et l'emmena à l'intérieur, malgré ses protestations entrecoupées de fous rires. Elle cessa toutefois de se tortiller quand il la déposa sur le lit et qu'il la débarrassa de son T-shirt. Avec une ardeur comparable à la sienne, elle s'abandonna au plaisir.

# 13

Damon était incapable de se concentrer sur le rapport qu'il avait reçu de l'usine du groupe au Texas. Par la force de l'habitude, il veillait toujours scrupuleusement sur la destinée de Bradford Global, mais ses pensées le ramenaient inlassablement vers Evolet. Il ne pouvait pourtant pas accuser la jeune femme de chercher à le distraire. Au contraire, au bureau, elle continuait à maintenir leurs rapports sur un plan strictement professionnel. Et son estime pour elle n'en était que plus grande.

Or c'était justement le problème. Il l'appréciait chaque jour davantage et elle lui manquait les rares nuits où elle ne dormait pas chez lui. Pire encore, il appréhendait le moment où il faudrait mettre un terme à leur liaison, revenir à sa vie d'avant – sans elle –, c'est-à-dire dans quatre semaines.

La vibration de son téléphone l'arracha à ses réflexions. Dès qu'il eut lu le message, il bondit de son fauteuil et se dirigea vers le couloir à grands pas.

— Je viens de recevoir un message de Royal Air, annonça-t-il en entrant en trombe dans le bureau d'Evolet, le cœur gonflé de fierté. Bengtsson a sélectionné les deux derniers candidats en lice. Et Bradford Global en fait partie.

Le visage de la jeune femme s'illumina.

— C'est génial ! s'exclama-t-elle en riant.

— Oui, mais il souhaite rencontrer deux représentants de

chacune des deux firmes avant de prendre sa décision. Et je veux que ce soit toi qui m'accompagnes. Tu connais le projet aussi bien que moi, peut-être même mieux.

— Tu veux que je t'accompagne en Suède ? demanda-t-elle, les yeux écarquillés.

— Pas en Suède, répondit-il en souriant. Nous partons pour Bali.

Par le hublot, Evolet contempla les eaux bleu cobalt de l'océan Pacifique, s'émerveillant des surprises que la vie pouvait vous réserver. Elle qui n'avait jamais été sur la côte ouest des États-Unis, elle la survolait à présent en jet privé.

Après le décollage, Damon et elle avaient lu et relu la proposition, chacun pour soi, puis à haute voix. Ils avaient énuméré les questions potentielles que Bengtsson pourrait leur poser et peaufiné leurs arguments.

Finalement, elle s'était accordé une pause. Installée sur le canapé en cuir, elle avait tenté de mettre un peu d'ordre dans les émotions qui s'entrechoquaient en elle.

Elle avait vécu ces deux semaines en compagnie de Damon comme un rêve. Ils n'étaient jamais rassasiés l'un de l'autre, et pas seulement sur le plan sexuel. Quand ils ne faisaient pas l'amour, elle lui faisait découvrir la cuisine haïtienne, ou ils parlaient de musique, de livres ou de films. Ils discutaient des œuvres qu'ils avaient admirées au Met, ou des pays qu'ils aimeraient visiter.

Ils parlaient de tout sauf de Damon.

Elle était consciente qu'il avait le droit de garder ses émotions pour lui, et elle n'avait aucun autre reproche à lui faire. Il était un amant attentionné, généreux, soucieux du plaisir de sa partenaire, et quand elle évoquait son passé, il trouvait toujours les mots et les gestes pour la réconforter. Mue par l'attention sincère qu'il lui portait, elle avait fini par partager avec lui ses pensées les plus profondes. Lui, en revanche, gardait le silence sur ce qu'il ressentait, au-delà de ses projets pour Bradford Global.

Aussi s'apercevait-elle avec une pointe d'inquiétude qu'elle commençait à s'attacher à lui. Et elle se rendait compte que plus le temps avançait, plus elle souffrirait de leur inévitable séparation.

Poussant un soupir de résignation, elle laissa retomber sa tête contre l'accoudoir du canapé et ferma les yeux.

— Si tu es fatiguée, il y a une chambre.

Elle rouvrit les paupières et vit Damon accroupi à côté d'elle. Il écarta une mèche de son visage, et ce geste affectueux l'émut profondément. Elle saisit la main qu'il lui tendait pour l'aider à se lever et elle le suivit à l'arrière de l'appareil.

La chambre était petite, mais possédait une minuscule salle de bains attenante. Damon s'assit sur le lit double qui occupait la plus grande partie de l'espace disponible et l'invita à faire de même.

— J'ai quelque chose à te dire... À propos de la mort de mes parents.

Elle attendit, sachant combien ces mots avaient dû lui coûter. En même temps, elle ne pouvait s'empêcher d'être impressionnée, comme chaque fois qu'il semblait deviner ce qui la tracassait.

— Tu sais que je n'en parle jamais, parce que c'est trop douloureux. Leur accident a bouleversé ma vie. En un instant, le monde tel que je le connaissais avait disparu. J'ai appris que des choses comme l'amour ou le bonheur peuvent vous être retirées du jour au lendemain. C'est pourquoi je me suis focalisé sur Bradford Global. Dans les affaires, les risques existent, mais on contrôle mieux les choses.

Les mains d'Evolet la démangeaient de caresser son visage pour lui montrer qu'il n'était pas seul, mais ne sachant où cette confession allait aboutir, ni ce qu'il attendait d'elle, elle s'abstint.

— Poursuivre leur œuvre, reprendre le flambeau de l'affaire

familiale a donné un sens à ma vie. Ça m'a aussi aidé à combler le vide que leur disparition avait laissé.

Elle eut l'étrange sensation d'entendre des paroles qu'elle-même aurait pu prononcer, quelques semaines auparavant. Elle remarqua aussi l'intensité forcée de sa voix, comme s'il cherchait à se convaincre de ce qu'il disait.

— Je suis contente que tu aies trouvé ce moyen, répliqua-t-elle.

— Si je te confie ça, c'est parce que nous sommes devenus proches ces dernières semaines. J'aime ce que nous vivons ensemble, mais... Je veux que tu saches qu'il ne pourra rien y avoir entre nous au-delà de cet arrangement. Une relation sérieuse, l'amour... Toutes ces choses ne sont pas pour moi.

Grâce à un effort de volonté, elle réussit à masquer son désarroi. Il se contentait de répéter ce qu'elle savait déjà. Mais ces mots faisaient tellement mal, après ces semaines passées ensemble !

— Je comprends, répondit-elle d'une voix parfaitement calme. T'ai-je donné une raison de penser que j'exigerai plus de toi une fois que ce sera fini ?

— Non, admit-il après un instant d'hésitation.

— Bien, dit-elle en posant une main sur celle de son compagnon. Je passe un très bon moment avec toi, Damon.

Il laissa échapper un petit rire.

— Moi aussi. Je t'apprécie beaucoup et je ne veux pas te faire souffrir, ou te laisser croire que j'ai davantage à t'offrir, alors que j'en suis incapable.

Plus que sa propre déception, c'est le renoncement au bonheur de l'homme assis à côté d'elle qui lui brisa le cœur. Elle savait ce que c'était de se renfermer complètement sur soi pour tenir la douleur éloignée. Mais ce faisant, elle était passée à côté de tellement de choses. Elle avait davantage vécu au cours du mois écoulé que durant toute sa vie. Elle voulait que Damon connaisse le même bonheur, car il le méritait.

Mais il n'était pas prêt. En le brusquant, elle risquait seulement de le faire souffrir.

C'est pourquoi elle lui offrit le seul réconfort qu'il accepterait de sa part. Elle se pencha vers lui, et l'embrassa sur la bouche. D'abord lent, leur baiser se fit plus passionné au fur et à mesure que leur désir s'embrasait. Il se laissa tomber sur le lit, l'entraînant avec lui. Il souleva son chemisier et happa un mamelon qu'il taquina avec sa langue experte. Elle s'arqua contre lui pour mieux savourer ses caresses, quand il s'interrompit en poussant un juron.

— Quoi ? demanda-t-elle, haletante.

— Je n'ai pas de préservatif.

— Euh..., balbutia-t-elle. J'ai commencé à prendre la pilule quand tu as accepté ma proposition. Je ne t'en ai pas parlé parce que je pensais que tu aurais de toute façon opté pour cette précaution supplémentaire, et je n'osais pas aborder le sujet...

Il coupa le flot de ses explications en l'attirant vers lui et en reprenant possession de ses lèvres. Quelques instants plus tard, leurs vêtements s'entassaient sur la moquette. Il la saisit par les hanches et il la pénétra. Les sensations les plus délicieuses l'envahirent, de plus en plus intenses. Son va-et-vient langoureux la mettait au supplice.

— Plus vite, le supplia-t-elle d'une voix enrouée de désir.

Il releva la tête et lui dédia un sourire dévastateur.

— Non, murmura-t-il. Nous n'avons jamais fait l'amour sans protection, et j'ai bien l'intention de savourer chaque seconde.

Cet aveu lui fit prendre conscience de l'intimité totale qu'ils étaient en train de partager. Et elle voulut y puiser l'espoir que peut-être, avec le temps, il finirait par baisser sa garde.

Mais bientôt elle ne songea plus qu'à s'abandonner à l'océan de sensualité qu'il faisait naître en elle. Le brasier qui semblait toujours les consumer explosa en un feu d'artifice de sensations qui la fit crier de plaisir alors qu'ils atteignaient ensemble l'extase.

# 14

Evolet s'accouda à la rambarde du balcon et poussa un soupir de bien-être. Dire que, vingt-quatre heures auparavant, elle marchait à l'ombre des tours de béton et de verre. Maintenant, où qu'elle regarde, ce n'était que végétation sauvage et océan à perte de vue. La jungle aux splendides nuances de vert et les eaux bleues de la mer de Bali scintillant sous le soleil représentaient un festin pour les yeux.

Perché sur un promontoire qui surplombait une plage privée, le Bali Regency Resort offrait un cadre paradisiaque. Leur villa, nichée au milieu de l'exubérance colorée des fleurs tropicales, possédait sa propre piscine et même son propre cinéma.

— C'est fabuleux, dit-elle quand elle entendit la porte derrière elle s'ouvrir.

Damon vint la rejoindre et noua les bras autour de sa taille. Elle hésita brièvement, avant de s'appuyer contre son torse puissant. Elle ne devait pas oublier qu'ils étaient ici pour affaires, et non pour le plaisir.

— Je suis content que ça te plaise.

Elle pivota sur elle-même et lui fit face.

— J'adore cet endroit, mais du travail nous attend.

— Oui, répondit-il en s'inclinant pour déposer un baiser dans le creux de son épaule.

— Damon ! Qu'est-ce que tu fais ?

— Je suis nerveux, répondit-il en se redressant. C'est la première fois que je suis nerveux à la perspective de rencontrer un client.

— Et m'induire en tentation t'aide à te détendre ?

Un sourire machiavélique éclaira son visage masculin.

— Non, mais ça m'aide à penser à autre chose.

Il prit possession de ses lèvres et leurs langues se mêlèrent en une joute sensuelle. Quand il s'écarta, elle constata avec satisfaction que la respiration de Damon était aussi erratique que la sienne.

— Nous sommes conviés à dîner avec Bengtsson, sa femme et nos concurrents à 20 heures.

— Quel genre de dîner ? demanda-t-elle, soudain inquiète.

— Le genre où on mange.

Elle lui donna une bourrade dans l'épaule pour lui apprendre à se moquer d'elle.

— Je pensais que les discussions se dérouleraient dans une salle de réunion. Je n'ai pas apporté de robe de soirée.

— C'est important pour toi ? demanda-t-il en l'attirant doucement contre lui.

— Oui, car je représente Bradford Global et je veux être à la hauteur.

Cette fois, son sourire la réchauffa d'une façon toute différente.

— C'est pour ça que je t'ai emmenée avec moi.

— Pour porter des vêtements chics ?

Il éclata de rire.

— Non. Parce que je connais ta conscience professionnelle. Bengtsson est un type bien, mais il est coriace en affaires. Il ne dévoile jamais toutes ses cartes et il prend un malin plaisir à désarçonner les gens.

— Tu ne me rassures pas...

Il lui pressa le bras en un geste affectueux qui la troubla plus que ne l'avait fait son baiser passionné.

— Sois toi-même, Evolet. Et montre à Bengtsson un quart

seulement de la connaissance que tu as de ce dossier, et je sais que nous l'emporterons.

La confiance qu'il plaçait en elle l'enthousiasmait autant qu'elle la tétanisait, car elle savait ce que ce projet représentait pour lui et pour sa société. Mais elle était aussi résolue à ne pas le décevoir.

Dix minutes plus tard, elle arpentait l'une des luxueuses boutiques situées dans le bâtiment principal de l'hôtel. Elle parcourait les portants en évitant au maximum de regarder les étiquettes, qui affichaient des prix indécents. Elle désespérait de trouver son bonheur, quand une robe verte attira son regard. Un sourire étira ses lèvres. Exactement ce qu'elle avait en tête ! Élégante mais quand même un peu sexy, elle lui permettrait de se sentir à sa place parmi les invités glamours du dîner. Et accessoirement, avec un peu de chance, elle couperait le souffle à Damon.

Damon sirotait distraitement son champagne sur la terrasse privée que Bengtsson avait réservée pour le dîner. Des enceintes dissimulées parmi les plantes vertes diffusaient du jazz. Crowley, son concurrent, avait dépêché sur place son directeur général et son directeur financier. Damon, pour sa part, préférait montrer son investissement en venant lui-même.

Il jeta un œil sur l'escalier de pierres où il s'attendait à chaque instant à voir surgir Evolet. La jeune femme était revenue de ses courses avec un sourire qui avait éveillé sa curiosité. Mais elle lui avait demandé de partir en lui assurant qu'elle le rejoindrait à temps pour le dîner.

En pensant à elle, il ne pouvait s'empêcher d'éprouver un pincement de culpabilité, car il avait surpris à plusieurs reprises dans le regard de la jeune femme une émotion qui le galvanisait autant qu'elle le terrifiait. Il soupçonnait qu'elle commençait à éprouver pour lui des sentiments qu'il était incapable de retourner.

C'est pourquoi il avait tenu à lui rappeler dans l'avion que leur aventure n'avait pas d'avenir. La réaction d'Evolet aurait dû le rassurer. Pourquoi alors avait-il été contrarié par le fait qu'elle accepte si facilement que leur histoire n'était pas vouée à durer, et qu'il n'y avait rien de plus entre eux qu'une puissante attirance physique et beaucoup d'atomes crochus ?

Sa réponse impassible l'avait agacé, comme si elle s'était moquée de lui. Décidément, il devenait déraisonnable !

— Ah, Edward !

Il se tourna et vit s'approcher un homme corpulent vêtu d'un costume taillé sur mesure. Bryant Bengtsson était toujours d'une élégance irréprochable. Sa barbe blanche était impeccablement entretenue. Mais sa voix de stentor et son éternel sourire mettaient les gens à l'aise.

— Je vous remercie de m'avoir invité, dit-il en serrant la main que lui tendait l'homme d'affaires.

— Je vous en prie ! Je tenais à vous dire que vous et votre mystérieuse assistante avez ficelé un rapport irréprochable.

— Merci, monsieur.

— Pas de « monsieur » entre nous ! C'est Bryant ou Bengtsson.

Il avala une gorgée de la boisson qu'il tenait à la main et grimaça, avant de poursuivre :

— Il va falloir que j'arrête de boire si je veux avoir les idées claires ce soir. Votre assistante se joindra à nous ?

Damon ne se fia pas au ton badin de son interlocuteur. Le Suédois était connu pour être dur en affaires et pour veiller aux intérêts de sa compagnie. Ses questions n'étaient jamais anodines.

— Oui, répondit-il.

— J'ai été surpris d'apprendre que c'est une intérimaire qui vous a aidé...

Voyant que Damon continuait à le regarder sans ciller, il émit un petit rire.

— J'aimerais jouer au poker avec vous, un de ces jours, dit-il. Si je m'étonne, c'est parce que cela ne vous ressemble pas de confier un projet aussi important à une inconnue. À ce propos, je voudrais que vous et le directeur général de Crowley restiez après dîner pour discuter des dernières étapes du processus de sélection.

— Bien sûr.

À cet instant, un éclair turquoise attira son attention vers l'escalier. Il se tourna dans cette direction, et l'apparition d'Evolet lui coupa le souffle. Le haut de sa robe vert foncé épousait son buste et la jupe s'élargissait à partir de la taille, couverte de grands motifs de fleurs blanches. Sa chevelure coiffée en arrière dégageait son visage magnifique et retombait en cascade sur ses épaules.

Elle le vit et lui sourit. Les battements de son cœur s'accélérèrent quand il perçut la nervosité dans son regard, l'imperceptible hésitation de son pas lorsqu'elle aperçut les autres invités. Mais cela ne dura qu'une fraction de seconde. Puis elle redressa légèrement les épaules et continua de descendre les marches.

Bengtsson lui tapa amicalement sur l'épaule, l'arrachant à sa contemplation.

— Le dîner sera servi dans quinze minutes. Et, Edward... ?

Le regard de l'homme d'affaires brillait soudain d'une lueur indéchiffrable.

— J'ai toujours été impressionné par ce que vous avez accompli depuis que vous êtes aux commandes de Bradford Global, dit-il, avant de fixer Evolet. Faites attention de ne pas laisser le business vous aveugler. Il y a d'autres choses tout aussi importantes.

Sur ce conseil énigmatique, Bengtsson alla rejoindre son

épouse. Quand Evolet arriva près de lui, Damon prit sa main et la leva pour y déposer un baiser.

— Tu es magnifique ! dit-il.

— Merci.

Sa voix légèrement voilée l'effleura comme une caresse et sa gorge se noua. Pour masquer son trouble, il prit une flûte de champagne sur un plateau et la tendit à sa compagne. Sans se concerter, ils se dirigèrent vers le garde-fou qui surplombait l'océan. Des myriades d'étoiles parsemaient le ciel nocturne.

— Quoi qu'il arrive, Damon, merci. Pour tout ceci.

Tandis qu'ils contemplaient la mer en silence, il réalisa avec surprise qu'il avait profondément changé au cours des trois dernières semaines. Ne pas obtenir le contrat Royal Air serait un coup dur. Mais il ne considérait plus cet objectif comme essentiel, car Evolet, par sa joie de vivre, son courage et sa ténacité, l'avait aidé à comprendre que l'existence ne se limitait pas aux succès professionnels.

Evolet nagea jusqu'au bord de la piscine à débordement et s'arrêta pour admirer la jungle à la seule lueur des étoiles. Caché au milieu de la végétation luxuriante, un oiseau poussa une série de vocalises cocasses qui la firent sourire.

À New York, ses nombreuses occupations l'empêchaient de trop s'interroger sur la nature de sa relation avec Damon. Mais elle ne pouvait nier que l'armure qui protégeait son cœur depuis si longtemps se fissurait à une vitesse prodigieuse. Face à cet effondrement de ses mécanismes de défense, elle éprouvait un mélange d'excitation et d'inquiétude. Finalement, alors qu'elle était allongée dans ses bras, dans l'avion, après qu'ils avaient fait l'amour, elle s'était avoué qu'elle éprouvait des sentiments profonds pour Damon.

Quoi que ce soit qui ait provoqué ces sentiments, elle devait absolument les contrôler. Elle ne pouvait pas s'autoriser l'espoir d'imaginer que les choses allaient changer, car il était hors de question qu'elle s'impose à Damon ou qu'elle lui révèle ses sentiments. Elle ne le ferait pas culpabiliser pour quelque chose qu'il n'avait jamais voulu.

Elle avait déjà vécu cette situation. Combien de fois, lorsqu'elle était enfant, s'était-elle autorisée à imaginer que la famille d'accueil où elle arrivait serait la dernière ? N'était-elle pas en train de répéter la même erreur, en ignorant les nombreux signaux d'alerte qui lui indiquaient que cette liaison n'aurait qu'une issue : un cœur brisé ?

— Tu réfléchis trop.

La voix de Damon qui s'était élevée derrière elle la prit par surprise et elle but la tasse.

— Ta réunion avec Bengtsson est finie ? demanda-t-elle en crachotant l'eau qu'elle avait avalée.

— Oui.

— Et ? Le contrat ?

— Nous aurons la réponse lundi.

Il s'approcha et elle vit son regard s'assombrir de désir. Machinalement, elle baissa les yeux et constata que le haut de son bikini couvrait à peine ses seins. Embarrassée, elle s'enfonça dans l'eau jusqu'au cou.

Il s'accroupit au bord du bassin.

— J'ai vu beaucoup plus de ton corps que ce que couvre ce charmant bikini.

— Je sais.

Son rire grave lui procura un délicieux frisson sensuel. Quand il se pencha légèrement en avant, elle s'avança vers lui, le visage levé, le souffle court. La bouche de Damon, à quelques millimètres de la sienne, s'incurva en un magnifique sourire.

— À mon tour de te faire languir, murmura-t-il. Ça t'apprendra à me rendre fou avec cette robe incroyable.

Puis, sans se départir de son sourire suffisant, il commença à se redresser. Mais avant qu'il ait pu achever son mouvement, elle l'attrapa par sa chemise et l'attira vers elle. Dans un grand éclaboussement, il tomba dans la piscine.

Evolet ne put s'empêcher d'éclater de rire, mais son rire mourut sur ses lèvres quand elle le contempla, avec sa chemise trempée plaquée sur son torse aux muscles harmonieux.

— C'est injuste, chuchota-t-elle. Comment fais-tu pour ressembler à un mannequin pour sous-vêtements ?

— J'ai un coach privé et une salle de sport, dit-il en s'avançant vers elle, dégoulinant. Ça m'aide à me détendre.

Quand il l'enlaça, le contact de ses mains sur sa peau nue la fit fondre. Il resserra son étreinte et elle sentit son érection contre son ventre.

— Tu n'as pas l'air particulièrement détendu en ce moment.

Il plongea son regard vibrant d'intensité dans le sien et avoua :

— Je te veux, Evolet.

L'aveu sans fard de Damon ne déclencha pas seulement une réaction érotique en elle. Non, il raviva ses sentiments, et le désir se mua en quelque chose de plus intense, et de beaucoup plus dangereux.

Électrisée par le tourbillon d'émotions qui la submergeaient, elle attira son visage vers elle. Leurs lèvres se rencontrèrent et ils échangèrent un baiser brûlant de passion.

Avide d'assouvir le désir qu'il savait si bien attiser, elle voulut ôter son haut de maillot, mais il l'en empêcha.

— Ne sois pas si impatiente ! murmura-t-il en emprisonnant ses mains. Laisse-moi savourer le plaisir de te regarder ainsi, à peine vêtue. Alors que je sais ce que ces bouts de tissu cachent. Alors que je suis le seul homme qui t'ait vue nue, le seul qui ait possédé ton corps sublime.

Baignant dans un océan de volupté, elle sentit à peine qu'il la soulevait dans ses bras pour l'asseoir sur le rebord de la piscine. Quand il mordilla le bourgeon dressé d'un de ses seins à travers le fin tissu du bikini, elle poussa un petit cri de surprise et de plaisir mêlés. Après avoir infligé la même douce torture à son autre sein, il s'agenouilla dans l'eau et poursuivit son exploration sensuelle le long de son ventre. Finalement, il s'immobilisa entre ses cuisses.

Elle retint son souffle quand il dénoua les cordelettes qui retenaient le bas de son maillot. Puis il glissa les mains sous ses jambes et il l'attira plus près du bord du bassin. Plus près de lui.

Enfin, il posa une bouche avide sur le cœur palpitant de sa féminité. Sous la caresse de sa langue experte, des sensations vertigineuses l'envahissaient, l'entraînant dans une spirale voluptueuse de plus en plus intense qui atteignit son paroxysme dans un orgasme fulgurant.

Repue de plaisir, elle se laissa retomber sur le rebord en teck, sans se soucier de ses jambes toujours lascivement enroulées autour des épaules de son amant.

— Nous devrions faire ça plus souvent, murmura-t-elle.

Il rit doucement et se hissa hors de l'eau pour s'allonger à côté d'elle. Avant qu'elle puisse faire une autre plaisanterie qui l'aiderait à chasser la vague de tendresse qui l'avait envahie, il tendit la main et écarta une mèche de cheveux de son visage.

Le regard très doux dont il la couvait eut raison de sa résistance, et les sentiments qu'elle tentait vainement d'étouffer remontèrent à la surface. Elle réalisa que, si elle n'était pas amoureuse d'Edward Charles Damon Bradford, elle en était dangereusement proche.

# 15

Damon contemplait le lever de soleil sur New York par la fenêtre de son bureau. Une lumière d'or rose inondait la ville qui ne dormait jamais. C'était la première fois qu'il assistait à ce spectacle grandiose.

Il était arrivé à 5 heures moins le quart, pour le coup de fil le plus important de sa vie – il était environ 17 heures à Bali –, mais il était resté pour voir le soleil se lever.

Pourquoi ? Parce que Evolet lui avait fait remarquer un jour que le lever de soleil devait être somptueux vu d'ici.

Parmi beaucoup d'autres choses, Evolet lui avait appris à regarder la ville avec un œil neuf. Jusqu'à leur rencontre, le travail représentait toute sa vie. Au cours des dernières semaines, elle l'avait encouragé à prendre le temps de profiter des joies de l'existence.

Et maintenant... Il jeta un regard vers sa table de travail, vers la copie du contrat que Bengtsson lui avait envoyé par mail à la suite de son appel.

Le contrat qui confiait à Bradford Global la fabrication de la nouvelle flotte de Royal Air.

Il avait compris que la situation devenait intenable quand sa première réaction n'avait pas été la fierté pour son entreprise ou ses employés. Non, ç'avait été l'excitation à l'idée de partager la bonne nouvelle avec celle dont le rôle avait été primordial dans ce succès : Evolet.

Elle avait pris trop d'importance dans sa vie, et il pressentait que, s'il ne coupait pas les ponts maintenant, ses défenses allaient s'effondrer. Il était non seulement impatient de partager son lit avec elle tous les soirs, mais il avait également besoin de savoir ce qu'elle pensait de telle ou telle décision, d'entendre les remarques pertinentes qu'elle lui ferait à l'issue d'une réunion houleuse.

Or le plaisir qu'elle lui procurait, au lit et hors du lit, avait un prix. Ses émotions menaçaient à tout moment de faire éclater l'armure qu'il s'était forgée. Ils étaient revenus de Bali dimanche matin. Evolet lui avait annoncé à leur descente d'avion qu'elle rentrait directement chez elle, car elle avait besoin d'un peu de temps pour décompresser. Il avait dû faire un effort pour ne pas la retenir. Toutefois, quand il s'était réveillé au milieu de la nuit en nage après un cauchemar où il avait revécu l'accident de ses parents et leurs derniers instants, il avait été heureux qu'elle n'ait pas assisté à cette résurgence du passé qui était revenue le hanter.

Il y avait des années qu'il n'avait plus fait ce cauchemar. Voilà ce qui arrivait quand il laissait les émotions reprendre une place dans sa vie.

La décision la plus raisonnable était de rompre. Elle lui avait confié, un soir sur sa terrasse, qu'un jour elle pourrait vouloir se marier, avoir des enfants. Or, si avec elle il s'était livré plus qu'avec quiconque depuis la mort de ses parents, cela ne signifiait pas qu'il était prêt pour une relation sérieuse. Loin de là. Et il appréciait suffisamment Evolet pour espérer qu'elle rencontrerait quelqu'un qui ne muselait pas ses sentiments et qui serait capable de l'aimer.

Mais chaque fois qu'il envisageait l'idée qu'un autre homme

la touche, un homme dont elle crierait le nom quand il la ferait jouir... il avait envie de casser quelque chose.

N'était-ce pas le signal qu'il était temps de mettre un terme à leur arrangement ?

Il allait souffrir. Bien plus qu'il ne l'aurait cru quand il avait accepté ce marché extravagant. Mais ce serait pour le mieux. Il ne pouvait pas aimer et perdre une autre personne. C'était au-dessus de ses forces. Et s'il retombait dans cette spirale où il avait failli sombrer la première fois ? Ce puits rempli de colère et de haine ?

Non, le jeu n'en valait pas la chandelle. Avant de rencontrer Evolet, c'était son propre cœur qu'il voulait ainsi protéger. Mais maintenant... Maintenant, il s'agissait de la protéger, elle. Et pour cela, il devait lui rendre sa liberté.

Il lui avait préparé une surprise pour ce week-end, soit pour se consoler s'ils n'avaient pas eu le contrat, soit pour célébrer l'événement s'ils l'avaient obtenu. Un dernier week-end, puis ils se sépareraient.

Le son de talons martelant le parquet le fit se redresser. Julie arrivait exceptionnellement tôt aujourd'hui ! Un léger coup fut frappé à la porte.

— C'est ouvert, dit-il en se levant.

La porte s'entrebâilla, et son cœur fit un bond dans sa poitrine quand Evolet apparut. Elle portait une ample jupe rouge et un chemisier bleu marine cintré qui épousait sa poitrine. Une tresse retombait sur son épaule.

— Salut.

Le son de sa voix déclencha une sensation de chaleur en lui, plus profonde que le désir sexuel qu'elle avait le don d'éveiller. C'était une envie irrésistible de courir vers elle, de la saisir par la taille, et de la faire tournoyer tout en l'embrassant et en lui annonçant la bonne nouvelle. Et à quoi bon le nier ? Il était aussi soulagé de la voir, car quand la limousine l'avait déposée devant son immeuble et qu'elle avait disparu à l'intérieur, il s'était demandé si elle avait l'intention de mettre un terme à leur liaison plus tôt que prévu.

Parce que, en salaud égoïste qu'il était, il voulait l'avoir encore un petit peu pour lui.

— Bonjour, répondit-il.

— Je sais qu'il est tôt, dit-elle en esquissant un sourire timide, mais...

Elle s'interrompit quand elle vit le papier sur le bureau.

— Alors... ? demanda-t-elle.

Quand il hocha la tête en signe d'acquiescement, elle se précipita dans ses bras.

— Oh ! Damon, félicitations ! s'exclama-t-elle avant de l'embrasser.

Il répondit à son baiser, mais elle dut sentir sa légère réticence, car elle s'écarta. Son expression trahissait la confusion.

— Qu'est-ce qui ne va pas ?

Il déposa un baiser sur son front, puis il se libéra doucement de son étreinte.

— Je crois que je n'ai toujours pas vraiment réalisé que c'est gagné.

— Oh ! je suis désolée, dit-elle en rougissant. Je n'aurais pas dû t'embrasser. Je sais que tu ne veux pas au bureau.

— Ce n'est pas grave, répliqua-t-il en lui adressant un grand sourire. Nous célébrerons dignement l'événement ce week-end. J'aimerais t'emmener quelque part.

— Mais nous revenons à peine de Bali !

— La destination que j'ai en tête est moins exotique. Et nous ne serons que nous deux.

— Ça me plaît, dit-elle en le fixant de ses grands yeux dorés. Mais tu es sûr que tu vas bien ?

— Oui ! Tu verras dans deux heures, quand je me serai remis du décalage horaire. Je serai intarissable sur le sujet.

Il perçut une pointe de retenue dans le sourire qu'elle lui retourna et il fut contrarié qu'elle ne lui lance pas une petite pique. De toute évidence, son comportement la préoccupait.

Mais ce n'était pas seulement la crainte d'être surpris qui le retenait de la prendre dans ses bras pour la rassurer. Il devait commencer à prendre ses distances s'il ne voulait pas rendre l'inéluctable séparation encore plus difficile. Elle quitta le bureau, sa jupe flottant comme une cloche autour de ses mollets, et il se dit qu'il avait pris la bonne décision.

Du moins, il aurait voulu en être convaincu.

Quand elle monta dans la limousine que Damon lui avait envoyée pour la conduire à l'aéroport, Evolet ne put s'empêcher d'être déçue qu'il ne soit pas venu la chercher lui-même. Au cours de la semaine écoulée, ses émotions l'avaient entraînée sur des montagnes russes, lui rappelant l'époque où elle était ballottée d'une famille d'accueil à la suivante.

Elle avait passé les quatre dernières nuits seule. Damon avait prétexté des dîners d'affaires et d'autres excuses, dites sur le même ton froid qui lui rappelait son attitude après qu'il avait dansé avec elle, le soir où elle l'avait rencontré.

Le contraste était d'autant plus frappant qu'auparavant il semblait ne pas pouvoir se passer d'elle. Ils dînaient ensemble, allaient au musée ou au parc. Quand elle se réveillait, il était serré contre elle dans le lit. Et à quoi bon le nier ? Bien qu'il ne lui ait jamais rien dit, toute son attitude lui avait fait penser qu'il commençait peut-être à ressentir quelque chose pour elle.

Mais depuis leur retour de Bali, ce temps semblait révolu. Fini la complicité chaleureuse qui régnait entre eux jusque-là. Au point qu'elle se demandait si – sans s'en rendre compte – elle n'avait pas effrayé Damon en laissant ses sentiments transparaître. Ou s'était-il simplement lassé d'elle ?

Elle s'obligea à mettre un frein à ses divagations. À quoi bon se torturer l'esprit ? À quoi bon se demander ce qu'elle aurait pu faire autrement pour que les gens l'aiment ? Qu'une famille d'accueil décide enfin de l'adopter ? En réalité, il n'y avait rien qu'elle aurait pu faire.

Tout comme elle ne pouvait rien faire à présent, sinon profiter du temps qu'il lui restait à passer avec Damon. Qu'il éprouve des sentiments pour elle ou pas était sans intérêt, tant qu'il demeurait persuadé qu'il était incapable d'aimer ou de s'engager dans une véritable relation.

Malheureusement, si sa raison pouvait se satisfaire de cette conclusion logique, son cœur s'obstinait à s'accrocher à des espoirs illusoires.

Passer quelques nuits sans lui avait toutefois été un bon moyen de se réveiller de son rêve. Elle en avait profité pour reprendre sa routine. Sa vie avant Damon. Si elle avait l'impression qu'elle était soudain un peu plus vide, eh bien, elle survivrait, comme elle l'avait toujours fait.

Forte de cette résolution, elle réussit à retrouver un peu de sa bonne humeur et à considérer le bon côté des choses. Même si devenir une musicienne professionnelle restait son objectif, son expérience chez Bradford Global avait été très enrichissante à tous points de vue.

Elle avait aussi décidé de se montrer plus sociable. Mardi, après la répétition avec l'Apprentice Symphony, quand le premier violon l'avait invitée à se joindre aux autres pour un verre, elle avait accepté. Et elle avait passé un très bon moment.

Après leur brève rencontre lundi matin, elle n'avait fait que croiser Damon, sans qu'ils aient échangé plus de trois phrases. Jeudi soir, quand elle avait vu son nom s'afficher sur l'écran de son téléphone, son cœur s'était affolé. Par SMS, il la prévenait qu'une limousine viendrait la chercher le lendemain soir pour la conduire à l'aéroport. Elle était dans un tel état d'excitation que douze minutes lui furent nécessaires pour pondre sa réponse lumineuse – « À demain » – avant de parcourir son appartement comme une folle. Tout ça pour boucler une petite valise dont on pouvait penser qu'elle y avait jeté quelques vêtements au hasard.

La limousine bifurqua vers un héliport proche du fleuve. Quel genre de week-end l'attendait ? Il s'annonçait morose si Damon se montrait aussi distant qu'au cours des derniers jours. Elle commençait à se demander si elle ne ferait pas mieux d'annuler, quand la voiture s'arrêta devant un hélicoptère noir et qu'elle vit Damon. Il faisait le tour de l'engin en examinant les rotors. À l'abri derrière les vitres teintées de la limousine, elle dévora du regard sa haute stature athlétique, son profil parfaitement dessiné et ses cheveux sombres qu'ébouriffait le vent. Puis elle rassembla son courage et sortit de la limousine dont le chauffeur venait de lui ouvrir la portière.

Oubliant ses velléités de rebrousser chemin, elle fondit quand il vint à sa rencontre en lui adressant un grand sourire et qu'il lui prit la main pour déposer un baiser sur ses doigts.

— Tu es prête ? demanda-t-il en désignant l'hélicoptère d'un mouvement de la tête.

Résolue à profiter sans arrière-pensées de ces derniers moments avec lui, elle acquiesça.

Le vol fut une expérience inoubliable. Elle trouvait incroyablement sexy de voir Damon aux commandes de l'engin. Après le décollage, il survola la ville, tourna autour de la statue de la Liberté, puis il mit le cap au nord en suivant le cours de l'Hudson. Alors qu'ils laissaient la ville derrière eux, il lui décrivait les endroits qu'ils survolaient.

Il était un guide merveilleux, et une heure passa sans qu'elle s'en rende compte, jusqu'à ce que la maison apparaisse enfin. Le soleil s'attardait au sommet des grands pins et permettait de voir la propriété des Bradford sous son meilleur jour. Les bardeaux de cèdre se détachaient sur les boiseries blanches. Quatre porches entouraient la demeure, qui comptait cinq balcons et un escalier monumental à l'arrière, menant à la vaste pelouse. Un mur de soutènement séparait la propriété de la plage de sable qui se dessinait le long des rives de l'Hudson.

À l'intérieur de la maison, les couleurs claires dominaient. Les murs de brique rouge alternaient avec le bois blanc, et les tableaux et photographies accrochés un peu partout représentaient des vues de l'océan ou de la ville voisine.

La visite se termina dans la chambre de maître, avec son vaste lit à baldaquin, et sa terrasse donnant sur le fleuve et les pentes recouvertes de sapins des Catskills.

— Quel endroit magnifique ! s'exclama-t-elle.

Il s'approcha d'elle et l'enlaça. Quand elle posa les mains sur ses épaules, il se raidit imperceptiblement. Mais ce fut si bref qu'elle pensa que son imagination lui jouait des tours. D'autant qu'il prit aussitôt possession de ses lèvres. Tout en l'embrassant, il la caressait avec l'assurance d'un amant qui connaît par cœur chaque parcelle du corps de sa compagne. Ils se déshabillèrent hâtivement, comme s'ils recherchaient tous les deux le réconfort du contact de leurs peaux nues.

Après quatre nuits d'abstinence, ils firent l'amour avec une ardeur décuplée, s'abandonnant avec des soupirs au plaisir qui les submergeait, jusqu'à ce que l'orgasme les foudroie, au même instant.

Alors qu'ils reprenaient leur souffle, toujours enlacés, elle ne put s'empêcher de constater qu'il ne l'embrassa pas sur le front. Pas plus qu'il ne posa une main possessive sur son ventre, comme il le faisait d'habitude. Même s'il était parfaitement détendu, elle sentait que la distance entre eux se creusait chaque instant davantage.

# 16

Les assiettes de fine porcelaine brillaient à la lueur du photophore dont la flamme oscillait légèrement sous la brise venant du fleuve, et le parfum délicieux des fruits de mer revenus au beurre flottait dans l'air.

Pourquoi, au milieu de toute cette perfection, éprouvait-il ce sentiment de vide ? se demanda Damon, debout devant la rambarde du balcon.

À cause de la pluie, ils avaient passé la journée du samedi à l'intérieur. Le matin, ils avaient fait l'amour devant la cheminée du salon. Puis de nouveau après le déjeuner, dans le somptueux lit à baldaquin. Depuis quand Evolet était-elle devenue une drogue dont il ne parvenait pas à se passer ? Quand elle n'était pas dans la pièce avec lui, il se demandait ce qu'elle faisait. Quand elle était près de lui, il se demandait à quel moment il pourrait la reprendre dans ses bras sans passer pour un obsédé sexuel.

Puis ils s'étaient installés dans la bibliothèque. La pluie avait continué de tomber tout l'après-midi. Evolet avait pris un roman policier et lui un de science-fiction, et ils s'étaient installés sur le sofa. Les jambes de la jeune femme sur les genoux, ils avaient lu tout l'après-midi au son du doux ruissellement de la pluie contre les vitres.

Sans éprouver le besoin de s'embrasser ou de se caresser, ils avaient savouré la satisfaction d'être ensemble. Après dîner, elle avait travaillé son violoncelle devant le feu. Était-ce son imagination, ou un changement s'était-il opéré dans son jeu ? Une sensualité nouvelle imprégnait la façon dont elle tenait l'instrument entre ses genoux, la confiance plus affirmée avec laquelle elle maniait l'archet. Chaque mouvement était amplifié, chaque note résonnait de passion et non plus de tristesse.

Il avait envisagé ce week-end comme le point d'orgue de leur liaison, et le moment idéal pour y mettre un terme. Ils profiteraient une dernière fois du plaisir d'être ensemble, puis leurs chemins se sépareraient. Mais il réalisait qu'il n'arrivait pas à s'y résoudre.

Alors qu'il contemplait les pentes douces des Catskills, il songeait combien il aimerait revenir ici avec elle, dans cet endroit splendide que son grand-père avait choisi pour y établir son refuge, afin de lui faire découvrir les splendeurs de cette nature généreuse à l'automne, ou quelle que soit la saison.

En organisant cette ultime escapade, il aurait dû se douter qu'il prenait un risque. Malheureusement, il avait été trop faible pour résister. C'était la même faiblesse qui lui faisait envisager que cette situation pouvait se poursuivre au-delà de lundi.

Mais sa raison finit par reprendre le dessus. Le cauchemar qu'il avait eu à son retour de Bali lui avait rappelé que, en laissant libre cours à ses émotions, il menaçait la stabilité qui lui avait permis de surmonter le chagrin dévastateur et le profond abattement qui l'avaient saisi après la mort de ses parents.

Les émotions pouvaient vous procurer des sensations incroyables, une euphorie à nulle autre pareille. Mais elles étaient aussi susceptibles de vous plonger dans un abîme si profond que vous pensiez ne jamais pouvoir en sortir.

Il s'était difficilement arraché à la dépression et il ne voulait pas courir le risque d'y replonger de nouveau.

Par-dessus tout, Evolet méritait plus que ce qu'il avait à lui offrir. Depuis qu'ils étaient ensemble, il l'avait vue surmonter ses chagrins et ses appréhensions, et s'épanouir. Il ne voulait pas l'attirer avec lui dans l'obscurité.

Cette dernière pensée fit définitivement pencher la balance. Oui, il s'en tiendrait à son plan initial et il mettrait un terme à leur relation avant leur retour à New York. Il savait déjà que le souvenir de ce week-end, de leur liaison extraordinaire et de l'incroyable cadeau qu'elle lui avait fait resterait gravé dans sa mémoire et lui réchaufferait le cœur au cours des années à venir.

Quand elle le rejoignit sur la terrasse, il eut le souffle coupé dès qu'il la vit.

Elle se tenait dans l'encadrement de la porte-fenêtre, ses cheveux lâchés retombant sur ses épaules. Elle portait une robe mi-longue dont le romantisme contrastait avec l'érotisme de ses nu-pieds.

— Bonsoir, murmura-t-elle.

Alors qu'ils avaient fait l'amour un nombre incalculable de fois, qu'ils connaissaient par cœur le corps l'un de l'autre, sa voix avait toujours cette nuance voilée qui trahissait son désir, comme si elle le voyait pour la première fois. Ses yeux dorés scintillaient comme les minuscules diamants qu'elle portait à ses oreilles.

Subjugué, il s'avança vers elle, lui prit la main et la conduisit jusqu'à sa chaise. Chacune de ses actions, que ce soit de lui servir les clams, puis du pain, de lui remplir son verre de vin blanc, provoqua un sourire enchanté chez sa compagne.

C'était une des choses qu'il appréciait le plus chez elle. Sa capacité à se réjouir des petits plaisirs de l'existence, comme regarder tourner le carrousel de Central Park, ou dévorer le petit déjeuner qu'il lui avait préparé. Contrairement à lui, que la richesse avait rendu blasé, il devait le reconnaître. Après le dessert – une délicieuse mousse au chocolat –, ils restèrent assis à table et contemplèrent les étoiles qui apparaissaient l'une après l'autre dans le ciel nocturne.

— Le week-end parfait, dit Evolet en poussant un soupir.

— Oui, acquiesça-t-il en faisant tinter son verre contre le sien comme pour porter un toast.

— Damon…

La nuance de mélancolie qu'il perçut dans sa voix l'émut. Elle regardait le fleuve, la lune éclairait son profil. Lentement, elle se tourna vers lui. Elle aussi avait conscience que leur histoire touchait à sa fin.

— Fais-moi l'amour, acheva-t-elle.

L'émotion qu'il crut surprendre dans son regard éveilla un espoir incongru en lui, une sensation un peu trop agréable à son goût, qu'il s'empressa d'étouffer. De toute évidence, elle éprouvait quelque chose pour lui, mais c'était normal. Après tout, il était son premier amant, et ils étaient devenus très proches. Mais elle n'avait jamais évoqué ce qu'elle ressentait pour lui, pas plus qu'elle n'avait parlé de poursuivre leur relation au-delà du terme convenu au départ.

Et s'il se posait plus de questions qu'elle ? Cette pensée aurait dû le rassurer, or elle lui laissa un goût amer. Qu'il était bien décidé à oublier en s'abandonnant au plaisir ineffable que leurs étreintes lui procuraient inlassablement.

Avec l'impatience du désespoir, il l'entraîna dans la chambre. Ils se déshabillèrent mutuellement avec une lenteur délibérée, profitant de chaque seconde pour se caresser, savourer le contact de leurs corps frémissant de désir. Quand il la pénétra, il ressentit un tel sentiment de plénitude qu'il fut sur le point de lui demander de rester. Lorsqu'elle enfonça les ongles dans ses épaules et qu'elle cria son nom tandis que le plaisir la submergeait, il faillit lui avouer qu'il éprouvait plus de sentiments pour elle qu'il n'en avait jamais éprouvé pour aucune autre femme.

Alors qu'elle s'endormait dans ses bras, il l'embrassa doucement sur le front et il s'avoua que, pour le meilleur ou pour le pire, Evolet Grey avait changé sa vie.

Evolet s'était toujours imaginé l'enfer comme une fournaise envahie par les flammes où retentissait l'écho des cris des démons. Jamais elle n'aurait cru qu'il prendrait la forme d'une piste d'atterrissage pour hélicoptères. Mais quand l'appareil se posa, le léger choc sur le tarmac résonna comme la sentence qui annonçait la fin de son bonheur.

Ce matin, elle s'était réveillée seule dans le lit. Elle avait retrouvé Damon dans la cuisine, habillé pour partir, en train de boire un café et de consulter ses mails sur une tablette.

Son cœur s'était serré sous l'effet d'un sombre pressentiment quand il lui avait adressé un sourire impersonnel. Un sourire qu'il devait réserver à un associé qui l'ennuyait, ou à la compagne d'une nuit qui s'était trop attardée.

Puis, tandis qu'elle se versait un café, il l'avait dit. « J'ai énormément apprécié le temps que nous avons passé ensemble, Evolet. Mais le moment est venu de nous séparer. »

Le bruissement dans son crâne l'empêcha de distinguer clairement la suite de ses propos, mais elle crut comprendre qu'il avait préféré lui annoncer la nouvelle ici, en privé, au cas où elle aurait quelque chose à ajouter.

Elle avait répondu par la négative, plaqué un sourire sur son visage avant de s'excuser pour aller préparer ses affaires. Elle profita de sa douche pour pleurer toutes les larmes de son corps. Elle savait que cet instant arriverait tôt ou tard. N'était-ce pas elle qui, à l'origine, lui avait proposé une aventure d'un soir ? Mais à ce moment-là, elle n'avait pas imaginé que ce serait aussi douloureux.

La crise de larmes passée, elle reprit sa contenance avant de redescendre. Elle vit qu'il l'observait à la dérobée comme s'il pensait qu'elle allait craquer. Elle mit un point d'honneur à lui annoncer d'une voix calme qu'elle était prête à partir.

Oui, elle était malheureuse, mais elle n'avait pas l'intention de lui faire porter la responsabilité de son malheur. C'est elle seule qui avait décidé de tomber amoureuse de lui. Un jour, elle lui serait reconnaissante de tout ce qu'il lui avait apporté, de l'avoir aidée à comprendre qu'elle était toujours capable d'aimer, malgré la souffrance que cela pouvait impliquer.

Mais ce jour n'était pas encore venu. Aujourd'hui, elle était dévastée.

Le vol du retour se déroula dans un silence pesant. De temps en temps, elle glissait un regard vers lui, incapable de résister à l'envie de contempler une dernière fois la perfection de son profil viril.

Et maintenant, c'était fini, se dit-elle quand les pales s'arrêtèrent de tournoyer et alors que des employés de l'héliport accouraient vers eux.

Un homme prit sa valise et la déposa dans le coffre d'une limousine qui l'attendait. Elle se chargea elle-même d'y ranger son étui à violoncelle. Pendant ce temps, Damon avait fait le tour de l'hélicoptère en compagnie d'un mécanicien à qui il désignait l'arrière de l'appareil. Quand leurs regards se rencontrèrent, il lui sourit et elle ne put museler l'espoir qui naquit en elle tandis qu'il la rejoignait.

— Alors..., dit-il en regardant la limousine. Tu es prête ?

— Oui.

Ils se tenaient à quelques centimètres l'un de l'autre, mais c'était comme si un océan les séparait, plein de secrets qui ne seraient jamais révélés. Pourquoi n'arrivaient-ils pas à se parler ? se demanda-t-elle soudain. Et si lui aussi ressentait quelque chose ? Et s'il masquait ses émotions, pour éviter de souffrir, tout comme elle ?

Mais le regard de Damon, redevenu inabordable, doucha ses espoirs. Il lui tendit la main et elle retint un cri de protestation. Comment la passion incroyable qu'ils avaient partagée pouvait-elle aboutir à cette froide poignée de main ?

Mais c'était ainsi que leur histoire devait se terminer, elle le savait dès le départ. Elle redressa les épaules pour se donner du courage et serra brièvement la main de Damon.

— Merci, monsieur Bradford, dit-elle en s'inclinant légèrement. Je vous souhaite une bonne semaine.

Ces paroles banales flottaient encore dans l'air quand elle s'éloigna de Damon Bradford.

Le seul homme qu'elle ait jamais aimé.

# 17

Evolet s'adossa au mur frais de la station de métro et jeta un œil sur le panneau indiquant l'horaire du passage de la prochaine rame.

Cela faisait trois semaines que Damon avait mis un terme à leur histoire. Et une semaine qu'elle avait quitté Bradford Global. En arrivant au bureau le matin où ils s'étaient quittés sur l'héliport, elle avait appris que son patron avait entrepris la tournée de tous les sites de fabrication. Pour éviter de penser, elle s'était jetée à corps perdu dans le travail, tant et si bien qu'en une semaine elle avait terminé toutes les tâches qu'on lui avait confiées. La semaine suivante, elle s'était plus ou moins tourné les pouces. Aussi, avant le début de la troisième semaine, avait-elle demandé à l'agence de résilier son contrat pour mission accomplie. Miranda l'avait autorisée à partir, et même à prendre les deux semaines de congé qu'elle avait demandées. Elle avait besoin de ce temps pour recouvrer ses esprits.

Pour guérir.

Quitter Bradford Global avait été difficile, mais nécessaire.

Elle avait consacré la semaine écoulée à s'exercer dans le parc, à rendre visite à Constanza et à boire des quantités incroyables de *latte* dans une brûlerie du quartier. Sans compter les deux verres de vin rouge qu'elle s'était accordés hier soir, assise sur une marche de l'escalier de secours de son immeuble, à s'imprégner de la symphonie de son quartier : le concert de klaxons des taxis, la mélopée des sirènes, les conversations en espagnol, créole ou français montant des trottoirs animés.

Ça constituait un pis-aller, mais c'était exactement ce dont elle avait besoin pour guérir son cœur brisé.

Le premier jour, chaque fois que son téléphone tintait, elle s'était obligée à compter lentement jusqu'à trois avant de le consulter avec une fébrilité qu'elle n'arrivait pas à maîtriser. Et chaque SMS, chaque notification avait un point commun.

Aucun ne venait de Damon.

Elle avait passé le deuxième jour à pleurer. Le troisième, elle avait compris et accepté qu'il ne reprendrait pas contact avec elle.

Elle fut tentée de se refermer sur elle-même. C'est même ce qu'elle fit pendant deux jours. Mais mardi soir, elle s'était forcée à accepter d'aller manger une pizza avec les autres musiciens après la répétition de l'Apprentice Symphony. Elle avait même invité une autre violoncelliste, Ashley, à venir s'exercer dans le parc avec elle le week-end. Elles s'étaient filmées pour alimenter leurs sites sur les réseaux sociaux. Puis elle s'était inscrite en ligne pour participer à plusieurs auditions d'ici une semaine ou deux.

Petit à petit, elle acceptait que sa liaison avec Damon eût apporté quelques changements positifs dans sa vie. Ce qui ne signifiait pas que la douleur avait diminué. Son cœur lui faisait encore mal. Quand elle fermait les yeux, la nuit, c'est le visage de Damon qui s'imprimait dans son esprit. Mais chaque jour, cela devenait moins pénible. D'autant qu'elle refusait d'avoir des regrets. Elle préférait se rappeler le bonheur qu'elle avait vécu plutôt que ruminer sa déception que ce soit terminé.

La voix synthétique sortant des haut-parleurs annonça l'arrivée dans quatre minutes du train qui devait l'emmener à son nouveau job dans un cabinet d'avocats réputé de Brooklyn, quand son regard tomba sur Audrey Clark, son ancienne collègue chez Bradford Global, qui franchissait le tourniquet menant sur le quai.

— Evolet !

En quelques enjambées, la jeune femme fut devant elle et la serrait affectueusement dans ses bras.

— Que fais-tu ici ? lui demanda-t-elle en reculant d'un pas.

— J'habite dans le quartier.

— Je ne le savais pas ! Il y a des cafés et des restaurants tellement géniaux par ici. Et la jardinerie sous le pont est fabuleuse !

Evolet écouta le joyeux bavardage d'Audrey, heureuse d'entendre une voix familière et de discuter avec une personne dont elle appréciait la compagnie.

— Je suis contente de te revoir, lui avoua-t-elle.

Le sourire d'Audrey s'élargit.

— Moi aussi. Tu me manques, Evolet ! Il faut absolument que nous prenions un café ensemble, et pas dans dix ans !

— Ça me ferait énormément plaisir.

— Tu n'as jamais pensé à quitter ton agence d'intérim pour venir travailler avec nous à plein temps ?

— J'ai adoré collaborer avec vous tous, mais c'est non. J'ai besoin de flexibilité pour les concerts ou les auditions.

— Je suis prête à parier que Damon t'accorderait toute la flexibilité que tu lui demanderais.

Evolet faillit s'étrangler avec un petit rire plein d'amertume.

— Il avait l'air de beaucoup apprécier ton travail, et tout le monde s'accorde à dire que ton rôle a été essentiel dans l'obtention du contrat avec Royal Air, ajouta Audrey.

À cet instant, le téléphone d'Evolet vibra et elle saisit l'occasion pour détourner le regard avant que ses yeux ne trahissent l'émotion qui l'avait envahie.

— Oh ! Ce qui me rappelle que...

La phrase d'Audrey se perdit dans un épais brouillard tandis qu'Evolet lisait et relisait l'objet du mail qu'elle venait de recevoir. Un espoir timide gonfla sa poitrine d'une joie indicible.

— Evolet ? Evolet, tout va bien ?

Elle leva les yeux vers Audrey, sans masquer son ébahissement.

— J'ai une audition avec l'Emerald City Philarmonic. Aujourd'hui.

— C'est fantastique ! s'écria Audrey.

— Merci. Je... Je n'arrive pas à y croire. J'ai envoyé une vidéo il y a des mois et, depuis, plus de nouvelles. Mais quelqu'un a annulé et je... J'ai une audition !

Au comble de l'excitation, elle serra à son tour Audrey dans ses bras. Elle était soudain reconnaissante de n'être pas seule, d'avoir quelqu'un avec qui partager cette nouvelle.

*Sois honnête avec toi-même ! Tu aurais aimé que ce soit Damon.* Mais elle chassa aussitôt cette pensée. Audrey était là, et Evolet allait annoncer la nouvelle à Constanza dès qu'elle serait sortie de la station. Elle devait aussi appeler Miranda pour qu'elle lui trouve une remplaçante pour le cabinet d'avocats. Elle détestait laisser tomber les gens au dernier moment, mais cette audition était trop importante pour elle.

— J'ai l'impression que j'ai ma réponse à propos de la fête, dit Audrey.

— Quelle fête ?

— La fête que donne Damon ce soir pour célébrer le contrat avec Royal Air.

Elle éprouva une véritable douleur. Bien sûr, elle savait que tout était fini entre eux, mais elle n'en souffrait pas moins de ne pas avoir été conviée à cette soirée, surtout après que Damon avait reconnu son rôle dans ce succès.

— Je suis sûre que Damon t'a invitée.

— C'est sans importance, répondit-elle d'un ton léger. L'audition est à 18 heures et...

Son téléphone sonna, au moment où son train arrivait. Quand

le nom s'afficha sur l'écran, son cœur se serra d'appréhension. Pourquoi Samuel l'appelait-il un lundi ?

— Samuel ?

Le sanglot à l'autre bout du fil lui glaça le sang.

— Samuel ? Que se passe-t-il ? C'est Constanza ?

— Elle est à l'hôpital, dit-il d'une voix hachée par l'émotion. Elle est tombée et ils n'ont pas pu...

— Quel hôpital ? demanda-t-elle.

L'instant suivant, elle partait en courant vers les escaliers. Elle entendit l'appel d'Audrey, mais elle était incapable de réfléchir et elle ne pouvait pas s'arrêter pour donner des explications. Quand elle surgit de la bouche de métro, elle se mit en quête d'un taxi. Son cœur battait à tout rompre tandis qu'elle se répétait : *Je t'en prie, Constanza, tiens bon. J'arrive.* Elle ne pouvait pas perdre une autre personne qu'elle aimait maintenant. C'était trop tôt.

Damon n'avait pas remis les pieds dans un hôpital depuis cette nuit tragique, douze ans auparavant, mais l'odeur et les sons n'avaient pas changé.

Il remonta le couloir jusqu'au bureau des infirmières. La peur le disputait à l'indécision, mettant ses nerfs à vif. Il ne se perdait jamais en conjectures, n'hésitait jamais. S'il commettait une erreur, il l'examinait sous toutes les coutures, et ne recommençait plus.

Mais aujourd'hui, pendant qu'une infirmière au visage dénué d'expression recherchait le numéro de la chambre de Constanza George, il était tiraillé comme rarement auparavant. Quand Audrey l'avait appelé pour lui dire qu'elle avait rencontré Evolet, la simple énonciation de son nom avait rallumé son désir. Mais le sang s'était figé dans ses veines quand elle lui avait raconté ce qu'elle avait entendu à la station de métro de la 116$^{e}$ Rue.

*J'aurais dû être avec elle.*

Cette pensée revenait en boucle dans son esprit, et chaque

fois, son cœur se serrait davantage. À combien de reprises avait-il pris son téléphone, commencé à taper un SMS pour l'inviter à la fête, pour savoir si elle avait des auditions en vue, prendre des nouvelles de Constanza ? N'importe quel prétexte pour avoir encore une occasion de parler avec elle.

Il avait tout gâché, à l'héliport. Il l'avait su à l'instant même où il lui avait tendu la main pour lui dire au revoir. Bon sang ! Il lui avait pris sa virginité, et il mettait fin à la plus sensuelle, la plus torride, la plus émouvante liaison qu'il ait jamais connue par une poignée de main ?

Il avait vu l'indécision sur le visage d'Evolet, la trace fugace d'une émotion si vive dans ses magnifiques yeux dorés qu'il en était resté ravi et paralysé. Ravi, parce que personne ne l'avait jamais regardé ainsi. Paralysé, parce qu'il avait compris qu'elle ressentait quelque chose pour lui, au-delà de la simple affection.

L'espace d'une seconde, il avait failli céder au besoin de découvrir ce que ce regard promettait, et il fut sur le point de lui demander de rentrer avec lui à son appartement pour trouver un moyen de faire que ça marche.

Mais aussitôt, la possibilité de ce qu'ils pourraient avoir – et perdre – l'avait effrayé. Et il lui avait tendu la main.

Il avait regretté immédiatement sa décision quand l'émotion avait disparu du regard de sa compagne, qu'elle lui avait froidement serré la main et qu'elle était partie sans un regard en arrière.

De retour à New York, après sa tournée des usines du groupe, il apprit qu'elle était partie une semaine avant la fin de son contrat et il eut la confirmation qu'il avait tout gâché. En beauté.

Avait-il réparé son erreur ? Non. Il avait réagi comme la première fois où il avait vécu une perte aussi dévastatrice. Il s'était jeté à corps perdu dans le travail, au point de parfois passer la nuit au bureau. À de nombreuses reprises, il s'était réveillé en cherchant son corps tiède et doux, mais ses doigts s'étaient refermés sur le vide.

S'il n'avait pas été un lâche, Evolet l'aurait appelé, ce matin, quand son monde s'était écroulé. Il aurait pu être auprès d'elle pour qu'elle ne soit pas encore une fois seule pour affronter cette situation angoissante.

— Êtes-vous un membre de la famille ?

La question de l'infirmière l'arracha à sa séance d'autoflagellation.

— Non, pas officiellement, mais...

— Ici, c'est *officiellement* ou rien, répliqua-t-elle en haussant un sourcil réprobateur.

Il parvenait difficilement à garder son calme. Il fallait absolument qu'il soit près d'Evolet. Et de Constanza. Il n'avait pas eu l'occasion de rencontrer la mère adoptive d'Evolet. La pensée de ne jamais connaître celle qui avait sauvé la jeune femme de son existence solitaire, qui avait encouragé sa vocation musicale, lui avait offert une vie de famille, lui serra le cœur.

— Écoutez... Katelyn, reprit-il après avoir lu le nom de l'infirmière sur son badge. Je dois absolument voir Constanza. Elle compte énormément pour quelqu'un que j'...

Il s'interrompit. Quel mot pouvait-il employer pour décrire ce qu'il ressentait pour Evolet ? Tout ce qu'elle représentait pour lui ? La nécessité d'être auprès d'elle si elle devait perdre la seule personne au monde qui ne l'avait jamais laissée tomber ?

— J'ignore ce qui s'est passé aujourd'hui, mais je dois la voir, au cas où...

De nouveau, il se tut, brusquement assailli par le souvenir de cette course à travers des couloirs impersonnels qui avait fini par se heurter au silence de la chambre où sa mère avait été transportée. Le seul son était celui des battements erratiques de son cœur tandis qu'il regardait fixement le corps sans vie de sa mère sur le lit d'hôpital.

L'expression de l'infirmière se radoucit un peu.

— Je suis sincèrement désolée, monsieur, dit-elle en lui tapotant gentiment la main. Je peux demander à ses enfants, mais...

— Damon ?

La voix d'Evolet lui parvint, éraillée d'avoir pleuré. Elle se tenait dans le couloir, des mèches blondes s'échappant de sa queue-de-cheval, les yeux rougis et le visage pâle. Elle croisait les bras contre son buste, comme pour se réconforter.

Son cœur fit un bond dans sa poitrine.

— Constanza ? demanda-t-il.

— Elle va s'en sortir. Elle s'est heurté la tête en tombant. Elle est un peu désorientée, mais les premiers examens sont plutôt encourageants.

Il réalisa dans un accès de panique qu'elle lui parlait sans le voir, comme détachée de tout.

— Et toi, comment te sens-tu ? demanda-t-il.

— Je suis là.

Elle le regardait enfin, mais ses yeux n'exprimaient aucune émotion. N'écoutant que son instinct, il s'avança vers elle, la prit dans ses bras et la serra fort contre lui. Il expira longuement tandis que son parfum familier – mélange de peau tiède et de savon fleuri – l'enveloppait. Trois semaines s'étaient écoulées depuis qu'il s'était réveillé pour la dernière fois à côté d'elle. Trois semaines qui lui parurent soudain une éternité.

— Merci d'être venu, Damon.

Elle ne se détendit pas dans ses bras, ne laissa pas sa tête retomber sur son épaule. Elle resta figée pendant un long moment, avant de poser une main sur son torse et de le repousser doucement.

Il aurait voulu protester, mais il n'en avait pas le droit. Parce qu'il savait que garder ses distances était le seul moyen qu'elle avait de se protéger.

— Ne t'inquiète pas des frais, Evolet, je...

— Non !

Sa véhémence le surprit. Elle avait retrouvé des couleurs, et la colère faisait briller ses yeux.

— Ce n'est pas ton problème, Damon. C'est le mien et celui de Samuel.

— Ne sois pas ridicule, dit-il d'une voix calme. Je veux m'assurer qu'elle recevra les meilleurs soins et...

— Je suis sa fille, c'est ma responsabilité.

En désespoir de cause, il essaya une autre tactique.

— Audrey m'a dit que, juste avant l'appel de Samuel, tu avais reçu un message pour passer une audition. Ça aussi, tu vas y renoncer ?

— C'est ce soir. Je ne peux pas la laisser.

— Appelle-les et explique-leur ce qui s'est passé.

— Ce n'est pas comme appeler le boulot pour dire que tu es malade. Il y a une seule date pour le premier tour des auditions, et c'est aujourd'hui.

Le léger craquement dans la voix d'Evolet ne lui échappa pas. Il vit aussi qu'elle faisait un effort pour afficher une expression dénuée d'émotion.

— Alors quoi ? Tu vas t'endetter pour des soins médicaux et passer des années à travailler pour les rembourser au lieu de poursuivre ton rêve ? Tu penses que c'est ce que Constanza voudrait ?

— Tu ne la connais pas, chuchota-t-elle sans perdre de sa véhémence. Et tu ne me connais pas, Damon. Alors ne crois pas que tu sais ce qui est important pour moi.

Il commençait à avoir du mal à garder son calme.

— Si tu as besoin de passer ta colère sur moi, vas-y ! lança-t-il en se rapprochant de nouveau d'elle. Mais ne t'avise pas de me dire que je ne te connais pas. Je te connais mieux que quiconque.

— Nous avons couché ensemble, c'est tout. Et c'est fini, répliqua-t-elle en le foudroyant du regard.

Peut-être était-ce la punition qu'il méritait pour son attitude détachée avec ses compagnes passées ? Ses anciennes maîtresses avaient-elles ressenti cette impuissance, cette colère qui vous laissait désemparé, avec un terrible sentiment de vide ?

— C'est tout ce qu'il y avait entre nous, Evolet ?

Il n'avait pas pu s'empêcher de lui poser cette question, même s'il savait que ce n'était ni le lieu ni le moment pour avoir cette conversation.

— Tu m'as demandé d'être ton premier amant.

— Être amants implique de s'aimer. Or il n'y avait pas d'amour entre nous. Nous avions conclu un marché. Nous nous sommes bien amusés. Nous avons couché ensemble. Maintenant c'est fini.

*Mais je t'aime !* Ce constat le frappa comme un coup de tonnerre et le réduisit au silence. Il aimait Evolet. Mais il ne pouvait pas le lui avouer maintenant, au milieu de toute cette peur et de toute cette souffrance, alors qu'elle était tellement en colère et qu'elle risquait de ne pas le croire. Car en la tenant à distance tout en profitant avidement de ce qu'elle lui offrait, il lui avait donné toutes les raisons de douter de lui.

Avait-elle été amoureuse de lui ? En tout cas, il était certain qu'elle se souciait de lui, même si elle ne lui accordait plus sa confiance. Avait-il perdu toute chance qu'elle le croie ?

— Va-t'en, Damon, dit-elle soudain. Tu ne devrais même pas être ici. Tu as ta fête ce soir.

Il réalisa qu'il n'avait pas commis seulement une ou deux erreurs. En ce qui concernait Evolet, il les avait accumulées. Son rôle avait été crucial dans l'obtention du contrat Royal Air. Il avait d'ailleurs été sur le point de l'inviter à la fête à une douzaine de reprises au cours de la semaine écoulée. Chaque fois, il s'était trouvé des excuses pour ne pas le faire, qui rétrospectivement lui paraissaient autant de signes de sa lâcheté et de son ingratitude. Sa principale justification avait été que, en l'invitant, il admettrait attendre plus d'elle qu'une brève liaison. Or il n'avait pas voulu se montrer vulnérable en dévoilant ses sentiments.

— Evolet...

— Je t'en prie...

Sa supplication lui fit l'effet d'une claque retentissante.

— Je t'en prie, Damon. Va-t'en et oublie-moi.

Il mourait d'envie de la prendre dans ses bras, de l'emmener chez lui, de se coucher avec elle dans son lit et de la serrer fort toute la nuit.

Mais il était conscient que, en cet instant, sa simple présence la faisait souffrir.

Il comprit alors que l'amour n'impliquait pas nécessairement de rester auprès de la personne qu'on aimait. Parfois, il fallait savoir s'éloigner.

Aussi, c'est ce qu'il fit, sans un mot et sans un regard pour la femme qu'il avait aimée puis perdue.

# 18

Le soleil, éclatant en début de journée, disparaissait à présent derrière les gros nuages gris qui cachaient le sommet des gratte-ciel. De l'autre côté de la fenêtre de la chambre d'hôpital, un éclair zébra le ciel, suivi d'un puissant grondement de tonnerre.

Evolet eut l'impression que le temps s'était mis au diapason de son humeur tourmentée. Les derniers examens étaient revenus négatifs, et Constanza avait dîné tôt. À présent, elle regardait un jeu télévisé, confortablement installée dans son lit. La crainte qu'un malheur allait s'abattre sur elle se dissipait progressivement.

Cette crainte avait toutefois cédé la place à d'autres émotions.

Quand elle avait vu Damon devant le bureau de l'infirmière, si beau et si sûr de lui, elle avait failli se précipiter dans ses bras puissants pour y trouver du réconfort. Puis elle s'était souvenue de tous les griefs qu'elle avait contre lui. Il l'avait plaquée sans ménagement. Elle lui en voulait pour la scène pénible à l'héliport. De ne pas l'avoir invitée à la fête pour célébrer le contrat Royal Air. De ne pas l'avoir appelée depuis un mois. De ne jamais l'avoir laissée réellement faire partie de sa vie.

Elle avait pourtant fini par accepter cette situation. Cela faisait mal, mais elle avait respecté son choix. Elle avait gardé ses distances, et avait entamé le lent et douloureux processus pour reconstruire sa vie.

En réapparaissant à un moment où elle était particulièrement vulnérable, il avait rouvert ses plaies.

Un coup de tonnerre plus fort que le précédent lui fit fermer les yeux. Elle regrettait à présent de s'être laissé emporter par la colère et elle s'en voulait de s'être montrée cruelle envers l'homme qu'elle aimait. « Être amants implique de s'aimer. Or il n'y avait pas d'amour entre nous », avait-elle osé lui assener.

— Je t'entends réfléchir d'ici.

Evolet se tourna et vit que Constanza l'observait avec une acuité qu'elle ne lui avait plus vue depuis longtemps. Elle s'approcha du lit et prit machinalement un oreiller.

— Si tu tapotes cet oreiller, je ne te préparerai plus jamais mon chocolat chaud.

— Quel chantage odieux ! répliqua Evolet, heureuse que sa mère ait retrouvé son sens de l'humour.

— Tout le monde défile pour vérifier si mon verre d'eau est plein, si le volume de la télé n'est pas trop bas, si mon oreiller n'est pas trop aplati, se plaignit Constanza. Je sais que ce sont des prétextes pour me surveiller.

— C'est normal, Constanza, nous sommes à l'hôpital. Et tu as fait une mauvaise chute.

Le regard de Constanza s'adoucit.

— Je suis tombée, mais je suis toujours là, dit-elle en attrapant la main d'Evolet. Je ne pars nulle part. Pas encore.

La gorge d'Evolet se noua d'émotion.

— J'ai eu très peur, avoua-t-elle.

— Moi aussi, admit Constanza en inclinant la tête. Je sais que j'ai des moments d'absence. Plus souvent que je ne le voudrais. Chaque fois que je reviens à moi et que je m'aperçois que j'ai oublié ce qui vient de se passer, c'est comme si je perdais une partie de moi-même.

Elle releva la tête et, quand elle lui sourit, ses yeux brillaient de larmes contenues.

— Mais alors je vois Samuel, ou toi, et mon cœur s'emplit de joie.

Evolet se laissa tomber sur une chaise. Puis elle se pencha et écarta une mèche blanche du visage ridé de Constanza.

— Comment fais-tu ? demanda-t-elle. Comment arrives-tu à rester aussi forte ?

— Je n'y arrive pas toujours. Il y a des jours où j'ai du mal à sortir du lit, des moments, quand je reviens à moi après une absence, où je suis en colère, ou confuse, ou triste. Mais rien ne peut nous garantir une existence parfaite, ma fille.

Constanza prit son visage entre ses mains et Evolet savoura la sensation de ses paumes fraîches contre sa peau, comme un baume contre le chagrin et la colère.

— En fait, ce serait terriblement ennuyeux. Je t'ai raconté ce qu'était ma vie avant d'arriver ici. Je crois que je suis plus résiliente, et plus heureuse, justement à cause des difficultés et des joies que j'ai connues.

Une demi-heure plus tard, Constanza s'était endormie. Evolet était sortie devant l'hôpital pour respirer l'air nocturne, humide après la pluie. Les paroles pleines de sagesse de sa mère adoptive tournoyaient dans son esprit.

Elle s'assit sur un banc sous un auvent et regarda les gens dans la rue, qui allaient et venaient, sortant du travail, rentrant chez eux, se rendant à un dîner avec des amis.

Le monde allait de l'avant. Et c'est ce qu'elle aussi devait faire.

Elle avait toujours vécu en solitaire, repliée sur elle-même. Adolescente, elle avait ouvert son cœur à Constanza, mais à elle seule. Elle s'était toujours arrangée pour fuir les relations sociales – même si elle avait fait des progrès dans ce domaine, ces derniers temps. Elle prétextait que seule la musique lui importait et qu'elle s'y vouait sans la moindre inhibition. Mais là aussi, elle s'était menti. Elle avait acquis la technique pour jouer, mais elle s'était inconsciemment interdit d'exprimer la passion qu'elle avait ressentie dans le couloir du métro. Et son jeu correspondait à ce qu'elle pensait que voulaient entendre les orchestres professionnels.

Perturbée par ses pensées, elle se leva et fit quelques pas. Elle avait aussi caché sa passion pour Damon. Oh ! Elle l'avait aimé, elle s'était autorisée à éprouver des sentiments pour lui. Mais elle avait gardé ce secret pour elle.

Elle n'avait pas osé dire à Damon ce qu'elle ressentait vraiment, de peur qu'il lui réponde qu'il ne partageait pas son attachement. Mais ce faisant, n'avait-elle pas privé son amant d'une chance d'analyser ses propres sentiments ?

Et si sa venue à l'hôpital aujourd'hui était le signe que cette chance existait ? Un point de départ, aussi minime soit-il, pour une aventure qui ne durerait peut-être qu'un été, une année, ou plus longtemps, peu importe. Quoi que l'avenir leur réserve, de toutes les fibres de son corps, elle voulait essayer.

Galvanisée par cette résolution, elle sortit son téléphone. Elle n'allait pas refaire l'erreur de précipiter les événements, comme tout à l'heure. Mais une chose ne pouvait pas attendre, songea-t-elle en pianotant un numéro sur son écran. Une voix masculine lui répondit.

— Hello. Je suis Evolet Grey. J'appelle à propos de mon audition.

Damon arpentait l'immeuble d'entrepôt encore vide dans le Queens. Le bâtiment avait été réaménagé pour accueillir des ateliers ultramodernes où seraient fabriquées certaines pièces pour les avions de Royal Air, ainsi que des bureaux. Son équipe des ressources humaines embauchait à tour de bras sur tous les sites à travers le pays pour tenir les délais.

Il assistait au plus grand triomphe de l'histoire de Bradford Global, et pourtant, son moral était au plus bas. Disparue, la fierté qui gonflait son cœur quelques semaines auparavant. Tout comme le profond sentiment de satisfaction qu'il éprouvait habituellement quand il inspectait une usine avant le démarrage d'un projet.

Était-ce parce qu'il n'y avait personne avec qui partager son enthousiasme ou ses impressions ?

Ses pas résonnèrent dans le silence. Pendant des années, Bradford Global avait concentré toutes ses pensées, toute son énergie et sa passion. Mais il était resté solitaire. C'était à ses yeux un gage de sécurité, et l'assurance que rien ne pourrait l'atteindre et le faire replonger dans la dépression qui avait suivi la mort de ses parents.

Mais aujourd'hui, cette solitude qui l'avait aidé à se reconstruire lui pesait. Et Evolet lui manquait. La fascination qu'elle exerçait sur lui avait commencé par une attirance purement physique, mais très rapidement elle s'était transformée en autre chose. Quelque chose dont il savait maintenant que c'était de l'amour.

Il avait trente-trois ans, et pour la première fois de son existence, il était amoureux.

Lentement, il tournoya sur lui-même et s'imagina qu'elle était ici avec lui. Elle le mitraillerait de questions judicieuses, et il savourerait chaque instant, fier et heureux d'avoir quelqu'un dans sa vie qui savait ce que cette entreprise représentait pour lui.

Il l'avait fait souffrir. Plus d'une fois. Mais il l'aimait parce qu'elle avait fait ressortir le meilleur de lui. Tout comme lui l'avait aidée à se libérer de l'armure derrière laquelle elle emprisonnait ses émotions.

Songeant qu'il n'avait pas surmonté tous les obstacles dans sa vie pour abandonner maintenant, c'est d'une main ferme qu'il saisit son téléphone.

— Julie ? J'ai une mission à vous confier.

# 19

Evolet se dirigeait vers le carrousel, la main serrée sur la poignée de son étui à violoncelle. Une tiédeur agréable flottait dans l'air du soir, annonçant l'arrivée de l'été. Une émotion particulière l'étreignit tandis qu'elle s'approchait des lieux où Damon l'avait embrassée pour la première fois. Une semaine s'était écoulée depuis qu'elle l'avait éconduit, à l'hôpital. Elle avait secrètement espéré qu'il chercherait à la joindre, mais elle était consciente que c'était à elle de tendre le rameau d'olivier.

C'est ce qu'elle comptait d'ailleurs faire mercredi. Après son audition de rattrapage qui aurait lieu mardi. Pouvait-elle rêver meilleure entrée en matière ? Elle lui annoncerait qu'il avait eu raison de lui lancer ce défi, et qu'elle avait suivi son conseil. Même s'il était incapable de l'aimer, elle voulait qu'il sache que leur rencontre avait changé sa vie.

Cette semaine consacrée à répéter l'avait empêchée de se tourmenter inutilement. Elle avait pris son courage à deux mains pour demander à Ashley et à d'autres musiciens de l'Apprentice Symphony de l'écouter. Ils avaient accepté sans hésiter, comme si c'était la chose la plus naturelle du monde. Plus d'une fois, elle avait dû détourner le regard pour qu'ils ne s'aperçoivent pas à quel point leurs conseils amicaux et leurs critiques constructives la touchaient.

Elle connaissait les morceaux de l'audition sur le bout des

doigts et, ce matin, elle avait décidé de prendre sa journée, quand une notification de son téléphone lui signala une demande postée sur son site Internet. Elle émanait d'un certain Charles qui voulait faire sa demande en mariage sur le carrousel de Central Park et qui aurait voulu qu'elle joue pour la circonstance.

Son premier réflexe fut de refuser. Elle n'avait aucune envie de raviver le souvenir du soir où elle avait rencontré Damon. Mais après quelques minutes de réflexion, elle avait décidé que c'était exactement le genre de distraction dont elle avait besoin. Pourquoi redouterait-elle de revenir dans un lieu qui ne lui évoquait que des instants de bonheur ? Sa relation avec Damon n'avait pas pris la tournure dont elle avait rêvé, mais n'avait-elle pas résolu qu'elle ne laisserait plus les moments pénibles lui ôter sa joie ?

Elle était à présent arrivée devant le carrousel. Ses lampions étaient allumés, mais il était inhabituellement silencieux. Des barrières de sécurité barraient les trois accès au manège et devant chacun d'entre eux se tenait un vigile. Accrochés aux barrières métalliques, des panneaux portaient un message : « Manège fermé pour un événement privé. Tours gratuits illimités pour le public après 20 heures. »

Elle ne put s'empêcher d'être impressionnée. De toute évidence, l'argent n'était pas un souci pour le mystérieux Charles. Il la payait le triple de sa rémunération habituelle, une des raisons qui l'avaient poussée à accepter, tout comme le « Désolé de vous solliciter à la dernière minute » qu'il avait ajouté à son message.

Elle donna son nom au vigile, qui la laissa entrer. Elle se dirigea vers le carrousel, émue malgré elle, car c'était la première fois qu'elle s'en approchait de si près. Pourquoi ne s'était-elle jamais autorisée à le faire ? Elle l'ignorait, mais elle était bien décidée à ne plus s'imposer ce genre de limitation à l'avenir.

Un cheval couleur noisette, avec sa selle orange vif, attira son regard. La tête rejetée en arrière, les spirales de sa crinière noire donnaient l'illusion qu'une brise la gonflait. Elle posa son étui à violoncelle et s'avança vers lui pour caresser son encolure.

Ce soir, quand le manège serait rouvert au public, elle ferait un tour, décida-t-elle en souriant.

— Il est magnifique, n'est-ce pas ?

La voix masculine, chaude et grave, l'enveloppa. Elle s'immobilisa, persuadée que son imagination lui jouait des tours. Le cœur battant à tout rompre, elle se tourna.

Il se tenait à quelques pas, les mains nonchalamment enfoncées dans les poches. Son beau visage exprimait la sérénité.

— Que fais-tu ici ?

— Je t'attendais, répondit-il.

— Mais où est... ? Edward *Charles* Damon Bradford, termina-t-elle.

La bouche sublime de Damon s'incurva en un petit sourire et ses yeux pétillèrent de malice.

— J'ai pris le risque d'utiliser mon deuxième prénom parce que je pensais que tu aurais oublié.

— Si tu voulais me parler, il te suffisait de m'appeler. Ou de m'envoyer un SMS, au lieu de mettre tout ce dispositif compliqué en place.

Il se rembrunit et son sourire disparut.

— La dernière fois que nous nous sommes vus, tu m'as dit que tu ne m'aimais pas, et tu m'as ordonné de m'en aller.

Elle sentit qu'elle s'empourprait. Elle aurait voulu détourner la tête, fuir la douleur qu'elle lisait dans ses yeux verts, mais elle ne le fit pas. Elle lui avait causé de la peine, elle devait en endosser la responsabilité.

— Je suis désolée, Damon. J'ai fait exactement ce dont tu m'accusais. Je t'ai utilisé comme un punching-ball ce jour-là.

— Je le méritais, dit-il en s'avançant d'un pas. Et je te dois des excuses.

— Pour quoi ?

— La façon dont je me suis comporté à l'héliport. Je me suis refermé sur moi-même, dit-il d'une voix teintée de regrets. Par fierté et par peur, je t'ai repoussée.

— C'est moi qui avais fixé les termes de notre arrangement, lui rappela-t-elle. Oui, ça m'a blessée, mais je savais que je ne devais rien attendre de plus. Si je l'ai fait, cela ne concernait que moi.

— Ne me cherche pas des excuses, chuchota-t-il. Mais accorde-moi cinq minutes pour dire ce que j'ai à dire. Ensuite, si c'est toujours ce que tu veux, je m'en irai.

Curieuse malgré elle, Evolet se laissa entraîner vers un carrosse bleu aux lourds ornements dorés. Quand ils furent installés, il prit ses mains dans les siennes.

— Pendant longtemps, cela a été plus facile pour moi de ne pas évoquer mes parents, commença-t-il en fixant leurs mains jointes. Quand je ne parlais pas d'eux, je n'avais pas mal. Parfois, je pouvais même prétendre qu'ils étaient simplement partis pour un long voyage.

» Je commence seulement à réaliser que, ce faisant, je ne rendais pas justice à leur mémoire, ni à ce qu'ils m'avaient apporté. En tirant un trait sur les souvenirs que j'avais d'eux, je mettais dans le même sac la tristesse que me causait leur mort et les moments heureux que nous avions vécus.

Ses paroles moururent sur ses lèvres et il releva la tête pour la regarder.

— Même quand j'étais déjà étudiant, ma mère me préparait le petit déjeuner le matin, avant de partir à l'hôpital. Elle était sage-femme. Son travail lui procurait beaucoup de bonheur, mais parfois elle rentrait abattue. Elle ressentait chaque joie, chaque perte comme si c'étaient les siennes, et ses patientes l'aimaient pour cela. Même quand Bradford Global est devenu une entreprise de niveau international, elle a continué à travailler.

» Mon père... Mon premier souvenir remonte à mon enfance. C'était dans l'une de nos usines et il me tenait par la main. Il m'emmenait partout, il me répétait que je pourrais faire partie de Bradford Global, mais que je devais le mériter. Il m'a dit, une semaine avant de mourir, que j'avais dépassé toutes ses attentes et qu'il était fier de moi.

Il prononça ces paroles d'une voix brisée par l'émotion, avant de laisser tomber sa tête vers l'avant. Evolet ne le pressa pas de continuer, mais elle noua un bras autour de ses épaules et le serra contre elle. Il plongea le visage dans le creux de son cou et prit une profonde inspiration avant de poursuivre :

— Ce soir-là, ils revenaient d'un rendez-vous. Ils étaient mariés depuis vingt-trois ans et ils sortaient toujours ensemble une fois par semaine, comme des adolescents. Il n'était pas encore 21 heures, et un salaud d'étudiant complètement ivre traversait leur quartier à cent vingt kilomètres à l'heure.

Elle resserra son étreinte pour lui communiquer son soutien.

— Nous avons toujours formé une équipe soudée. Bien sûr, j'avais des amis, des copines au lycée et à la fac. Mais mes parents… Je les aimais profondément. Quand je les ai perdus, j'ai sombré dans la dépression. Au début, je n'arrivais pratiquement pas à quitter mon lit. En sortir voulait dire me retrouver dans une maison vide, passer devant leur chambre en sachant qu'ils ne reviendraient jamais. Je faisais des cauchemars. Je buvais trop. J'étais incapable de contrôler mon chagrin.

» Ensuite, la colère s'est emparée de moi. Je n'avais jamais ressenti autant de rage. J'ai suivi le procès du chauffard qui les avait tués. Quand la sentence a été prononcée – il a pris quinze ans de prison, la peine maximale – je me suis senti… heureux. Heureux qu'il soit puni. C'était un faible prix comparé à celui qu'avaient payé mes parents, mais au moins justice avait été rendue.

Elle posa une main sur la joue de son compagnon. Il tourna légèrement la tête et embrassa sa paume.

— Puis j'ai vu ce gamin à peine sorti de l'adolescence se

tourner vers ses parents et éclater en sanglots. J'ai regardé son père qui le serrait dans ses bras, sa mère qui l'embrassait. Ils se sont approchés de moi tandis que leur fils était menotté et emmené par deux policiers, et ils m'ont dit qu'ils étaient désolés de ce que leur garçon avait fait. La femme m'a tendu une carte de condoléances. Ses mains tremblaient.

Le cœur d'Evolet saignait pour toutes ces vies brisées. Mais par-dessus tout pour l'homme qui avait perdu les personnes qu'il aimait le plus au monde.

— Je suis resté assis dans la salle d'audience vide longtemps après leur départ, leur carte dans la main, et j'ai laissé libre cours à mon désespoir. Mes parents avaient perdu la vie. Deux autres parents avaient vu leur existence bouleversée pour toujours. Et même si le garçon aurait encore de nombreuses années devant lui à sa sortie de prison, il avait tellement perdu lui aussi. Tout ça à cause d'une décision égoïste et stupide.

Il leva la tête et soutint son regard.

— Je m'étais laissé engloutir par mes émotions durant tous ces mois avant le procès. Par moments, j'étais rempli de haine et de colère ; à d'autres, je voulais mourir.

La gorge nouée par l'émotion, elle l'enlaça et l'attira contre elle. Il appuya son front contre le sien et resserra son étreinte. Leurs souffles se mêlèrent dans l'air tiède du soir.

— Quand j'ai finalement quitté le tribunal, je me suis juré que je ne revivrais plus jamais ce que j'avais vécu. Je me suis convaincu que l'amour ouvrait la voie à ce que j'avais éprouvé et subi durant ces mois après leur mort. Et quand j'ai vu la façon dont les parents de ce garçon avaient été affectés, quand je l'ai vu pleurer et rechercher le réconfort dans les bras de sa mère, toute ma haine m'a abandonné. Je ne ressentais plus qu'un grand vide.

Il s'écarta et prit le menton d'Evolet dans la main.

— Et j'ai compris qu'il suffisait de ne pas m'ouvrir aux autres pour ne pas perdre pied de nouveau, pour ne plus risquer de souffrir comme j'avais souffert. Pendant des années, cette stratégie a fonctionné. Jusqu'à ce que je te rencontre, Evolet.

La lueur qui brillait à présent dans le regard de son compagnon fit naître un espoir fou en elle. Un espoir qu'elle aurait autrefois étouffé pour ne pas risquer d'être blessée.

Mais ce temps était révolu. Il avait mis son cœur à nu pour elle, elle devait lui faire confiance.

— Je refusais d'écouter mes émotions, et c'est pourquoi j'ai mis si longtemps à comprendre ce que je ressentais pour toi. Au fond de moi, je savais que j'étais un idiot de te laisser partir, à l'héliport. Mais j'étais trop terrifié pour admettre que j'étais tombé amoureux de toi, Evolet.

Il ne lui en fallut pas davantage. Elle noua les bras autour du cou de Damon et l'attira vers elle pour l'embrasser comme si sa vie en dépendait.

— Damon, murmura-t-elle entre deux baisers. J'ai menti. Moi aussi, je t'aime.

Il éclata de rire, un rire joyeux et sans arrière-pensée.

— Tu m'as manqué.

Cet aveu lui fit monter des larmes d'émotion aux yeux.

— Toi aussi, tu m'as manqué. J'allais t'appeler mercredi, après mon audition...

— Ton audition ? s'exclama-t-il. Tu les as appelés !

— Tu avais raison, déclara-t-elle en s'essuyant les yeux. Ce que tu m'as dit à l'hôpital m'a fait prendre conscience que je ne m'impliquais jamais complètement dans ce que j'entreprenais, qu'il s'agisse de ce que j'éprouvais pour toi, ou de la musique. Je les ai donc appelés, et j'ai une audition mardi. Je voulais attendre de l'avoir passée avant de te téléphoner. Pour te dire que je t'aimais et que tu avais raison. Même si je n'étais pas prise, j'aurais au moins essayé et...

Il coupa court à son babillage avec un autre baiser qui déclencha un frisson sensuel dans tout son corps.

— Je suis fier de toi, Evolet.

Cette fois, elle laissa libre cours à ses larmes de bonheur.

— Quel cheval choisis-tu ? demanda-t-il en la soulevant dans ses bras.

Elle désigna celui qui avait attiré son regard quand elle était arrivée. Il la porta jusqu'à lui et l'assit sur la selle.

— Et toi ? Tu ne viens pas faire un tour ? lança-t-elle.

— Si. Mais chaque chose en son temps. Je te rappelle que je t'ai engagée pour une demande en mariage.

Son pouls s'accéléra lorsqu'elle le vit plonger la main dans la poche de son pantalon et en sortir un petit écrin. Elle étouffa une exclamation d'admiration quand il l'ouvrit et qu'elle découvrit un anneau argenté orné d'une pierre couleur d'ambre.

— Quand j'ai vu cette citrine, elle m'a rappelé la couleur de tes yeux.

— Oh ! Damon, murmura-t-elle, émue au plus profond d'elle-même.

— Épouse-moi, Evolet Je veux que tu fasses partie de ma vie.

Elle prit son visage masculin en coupe entre ses mains et insuffla tout son amour dans son baiser.

— Oui, Damon. Oui.

Il glissa l'anneau à son doigt.

— Une seconde, dit-il.

Puis il courut jusqu'au mur, appuya sur un bouton. Il revint vers elle tandis que le manège se mettait en mouvement. La musique commença à jouer et le cheval s'éleva. Damon glissa un pied dans l'étrier et se hissa en croupe derrière elle.

— Je pense que ce cheval est prévu pour un seul cavalier, le taquina-t-elle.

— Tu veux déposer une plainte ?

Elle sentit son érection dans le creux de son dos et elle se pressa contre lui, savourant le grognement qui échappa à son compagnon.

— Pas si tu me promets que, après ce tour de manège, tu m'emmèneras quelque part et tu tenteras de me séduire.

— Quelle coïncidence ! Cela faisait justement partie de mon plan si tu acceptais de m'épouser.

Elle rit joyeusement et s'adossa à son torse puissant. Le carrousel tournait, les chevaux montaient et descendaient, la musique jouait, la pierre de sa bague scintillait à la lumière des lampions.

— Damon ?

— Oui ?

— Je t'aime.

Il déposa un baiser plein de tendresse sur sa joue.

— Moi aussi, je t'aime, Evolet. Et je sais que nous allons avoir une vie merveilleuse.

# Épilogue

*Sept ans plus tard*

Un grincement retentit et Charles Bradford fronça ses sourcils à peine dessinés en regardant son père.

— Je suis d'accord avec toi, fiston, dit Damon en esquissant une grimace. Ta sœur a besoin de s'exercer davantage.

Des pas se firent entendre dans l'escalier et, quelques secondes après, Evolet apparut, un sourire forcé sur son visage encore tourné vers l'étage. Même après sept ans de mariage, Damon avait toujours le souffle coupé quand il voyait sa femme. Ses cheveux étaient coupés plus court, car c'était plus pratique pour jongler entre sa vie de mère de deux enfants en bas âge et sa carrière de violoncelliste dans l'Emerald City Philarmonic.

— Oui, chérie, c'est un peu mieux.

Elle foudroya Damon du regard quand il s'esclaffa.

— Elle tient mieux l'archet que la semaine dernière, lui apprit-elle.

— Dommage qu'elle ne joue pas mieux que la semaine dernière, répliqua-t-il en jetant un regard affectueux au plafond.

De toute évidence, Rashael Bradford se révélait une violoncelliste très déterminée, à défaut d'être talentueuse.

Evolet fit mine de protester, avant de se raviser et de s'asseoir à côté de la chaise haute de Charlie. Elle sourit au petit garçon et embrassa sa main potelée.

— Tu as raison, admit-elle en poussant un soupir résigné.

Charlie recommença à allègrement massacrer les œufs dans son assiette. Un duvet blond avait finalement commencé à pousser sur son crâne. Entre ses sourires et ses grands yeux verts, Damon était complètement entiché de son fils.

Aussi entiché qu'il l'avait été quand il avait tenu sa fille dans ses bras pour la première fois, quatre ans auparavant. Il avait alors réalisé qu'on pouvait tomber amoureux plus d'une fois dans une vie.

— Ne le prends pas trop mal, chérie. Tout le monde ne peut pas être un enfant prodige.

Il s'était approché de sa femme pour l'embrasser. Elle sourit contre ses lèvres, et tout son corps se tendit.

— À quelle heure Charlie va-t-il faire la sieste ? demanda-t-il.

— Pas avant 11 heures.

— Et où sera Rashael à 11 heures ?

— Au parc, avec Samuel, Sarah et Constanza.

En guise de cadeau de mariage pour Evolet, Damon avait fait réaménager une partie de son duplex en un appartement pour Constanza. Sa présence auprès d'eux rendait non seulement Evolet et Constanza heureuses, mais elle permettait aussi à Damon de goûter de nouveau au bonheur d'une présence maternelle. Samuel et sa femme Sarah se joignaient souvent à eux pour des dîners de famille le week-end ou les jours de fête.

Ce n'était pas toujours facile, car la maladie de Constanza continuait de progresser, mais Evolet et lui étaient auprès d'elle pour l'aider à affronter les changements.

Tout comme ils seraient toujours là l'un pour l'autre, quoi qu'il advienne.

— J'en déduis que nous aurons un appartement vide, rien que pour nous, dit-il en effleurant les bras d'Evolet.

— Monsieur Bradford ! Seriez-vous en train d'envisager de sécher le bureau ?

— Je pense que je mérite largement un peu de temps libre.

Le contrat avec Royal Air avait marqué le début d'une nouvelle expansion pour Bradford Global. Quand ils avaient livré les avions – non seulement dans les temps, mais sans dépasser le budget – les affaires avaient explosé, avec des demandes venant de partout dans le monde. De nouvelles usines s'ouvraient chaque année. Les bureaux s'agrandissaient.

Et Damon avait recruté plusieurs administrateurs pour déléguer les tâches de direction. Bradford Global occupait toujours une place importante dans sa vie. *Mais pas la plus importante*, songea-t-il tandis qu'Evolet l'enlaçait. Il se penchait pour l'embrasser de nouveau quand la musique reprit à l'étage.

— Tu penses qu'elle accepterait de changer pour la batterie ?

— Ça pourrait être pire. Elle affirme qu'elle est prête pour le concert de l'école demain, dit-elle en fronçant le nez quand le violoncelle de Rashael émit un autre grincement strident. Que dois-je faire ?

— Laisse-la. Elle va s'amuser. La semaine prochaine, elle sera passée à autre chose.

Elle sourit, rassurée, et prit son visage entre ses mains.

— T'ai-je dit récemment que je t'aimais beaucoup ?

— Je crois que tu as formulé quelque chose à ce propos quand tu m'as réveillé ce matin.

— Oh ! Je dirais que c'est toi qui m'as réveillée quand tu m'as ôté ma chemise de nuit, murmura-t-elle en caressant la nuque de son mari. Non que cela m'ait gênée...

— Maman !

Rashael dévala l'escalier, ses boucles sombres encadrant son visage rond, ses yeux dorés brillant d'excitation.

— Tu vois ? Je suis prête pour le concert !

Evolet prit leur fille dans ses bras.

— Je suis impatiente de t'entendre jouer, mon cœur.

— Et nous irons au manège après, hein ?

— Certainement.

Le regard de Damon alla de sa femme à sa fille, puis à son fils. Evolet leva la tête, et il vit l'amour qui scintillait dans ses yeux.

— À quoi penses-tu ? lui demanda-t-elle.

— Je me disais que je ne m'étais pas trompé.

Puis, sans se soucier des protestations ravies de Rashael, il enlaça Evolet.

— Nous avons une vie merveilleuse.